Colecção Literatura de Macau

国家出版基金项目
NATIONAL PUBLICATION FOUNDATION

·诗歌·

挣扎

吕志鹏 / 著

作家出版社

澳门文学丛书

总 序

值此“澳门文学丛书”出版之际，我不由想起1997年3月至2013年4月之间，对澳门的几次造访。在这几次访问中，从街边散步到社团座谈，从文化广场到大学讲堂，我遇见的文学创作者和爱好者越来越多，我置身于其中的文学气氛越来越浓，我被问及的各种各样的问题，也越来越集中于澳门文学的建设上来。这让我强烈地感觉到：澳门文学正在走向自觉，一个澳门人自己的文学时代即将到来。

事实确乎如此。包括诗歌、小说、散文、评论在内的“澳门文学丛书”，经过广泛征集、精心筛选，目前收纳了多达几十部著作，将分批出版。这一批数量可观的文本，是文学对当代澳门的真情观照，是老中青三代写作人奋力开拓并自我证明的丰硕成果。由此，我们欣喜地发现，一块与澳门人语言、生命和精神紧密结合的文学高地，正一步一步地隆起。

在澳门，有一群为数不少的写作人，他们不慕荣利，不怕寂寞，在沉重的工作和生活的双重压力下，心甘情愿地挤出时间来，从事文学书写。这种纯业余的写作方式，完全是出于一种兴趣，一种热爱，一种诗意追求的精神需要。惟其如此，他们的笔触是自由的，体现着一种充分的主体性；他们的喜怒哀乐，他们对于社会人生和自身命运的思考，也是恳切的，流淌着一种发自肺腑的真诚。澳门众多的写作人，就这样从语言与生活的密切关联里，坚守着文学，坚持文学书写，使文学的重要性在心灵深处保持不变，使澳门文学的亮丽风景得以形成，从而表现了澳门人的自尊和自爱，真是弥足珍贵。这情形呼应着一个令人振奋的现实：在物欲喧嚣、拜金主义盛行的当下，在视听信息量极大的网络、多媒体面前，学问、智慧、理念、心胸、情操与文学的全部内涵，并没有被取代，即便是在博彩业特别兴旺发达的澳门小城。

文学是一个民族的精神花朵，一个民族的精神史；文学是一个民族的品位和素质，一个民族的乃至影响世界的智慧和胸襟。我们写作人要敢于看不起那些空心化、浅薄化、碎片化、一味搞笑、肆意恶搞、咋咋呼呼迎合起哄的所谓“作品”。在我们的心目中，应该有屈原、司马迁、陶渊明、李白、杜甫、王维、苏轼、辛弃疾、陆游、关汉卿、王实甫、汤显祖、曹雪芹、蒲松龄；应该有莎士比亚、歌德、雨果、巴尔扎克、普希金、托尔斯泰、陀思妥耶夫斯基、罗曼·罗兰、马尔克斯、艾略特、卡夫卡、乔伊斯、福克纳……他们才是我们写作人努力学习，并奋力追赶和超越的标杆。澳门文学成长的过程中，正不断地透露出这种勇气和追求，这让我对她的健康发展，充满了美好的期待。

毋庸讳言，澳门文学或许还存在着这样那样的不足，甚至或许还显得有些稚嫩，但正如鲁迅所说，幼稚并不可怕，不腐败就好。澳门的朋友——尤其年轻的朋友要沉得住气，静下心来，默默耕耘，日将月就，在持续的辛劳付出中，去实现走向世界的过程。从“澳门文学丛书”看，澳门文学生态状况优良，写作群体年龄层次均衡，各种文学样式齐头并进，各种风格流派不囿于一，传统性、开放性、本土性、杂糅性，将古今、中西、雅俗兼容并蓄，呈现出一种丰富多彩而又色彩各异的“鸡尾酒”式的文学景象，这在中华民族文学画卷中颇具代表性，是有特色、有生命力、可持续发展的文学。

这套作家出版社版的文学丛书，体现着一种对澳门文学的尊重、珍视和爱护，必将极大地鼓舞和推动澳门文学的发展。就小城而言，这是她回归祖国之后，文学收获的第一次较全面的总结和较集中的展示；从全国来看，这又是一个观赏的橱窗，内地写作人和读者可由此了解、认识澳门文学，澳门写作人也可以在更广远的时空里，听取物议，汲取营养，提高自信力和创造力。真应该感谢“澳门文学丛书”的策划者、编辑者和出版者，他们为澳门文学乃至中国文学建设，做了一件十分有意义的事。

是为序。

2014.6.6

目　录
CONTENTS

澳门简史感觉版 · 001
不知道与不知名 · 018
18 / PT / 2005 批示 · 019
2004 · 021
波子（外一首）· 022
曾子杀猪 · 024
冰条 · 025
晨光 · 026
别 · 028
错误 · 029
答辩 · 030
大事化小的生活化文学 · 031
菲国掠影 · 032
寒夜说佛 · 035
货 · 036
追打 · 038
在赌台上 · 039

在天空・040
月饼与非洲儿童・042
黑・043
牛・044
蚱蜢・045
折翼人・046
这诗应该怎么写・048
在小城马路上看见的交通事故・050
在水一方・052
回味・059
看・060
郢书燕说
——记一个美丽的误会・061
有一些话・063
我们・064
我的野心是想成为经典・065
我不过是脚趾边的一滴水・067
想・069
无题・071
一件小事・072
窗台独望・073
改诗・075
过三潭印月・076
西北那座不知名的山・078
于张家界的森林踱步・080
鸣沙山上的风景・082
历史・083

觅 · 085
另一种距离 · 087
面对 · 089
水泡 · 090
今夜 · 091
剃胡子 · 094
9 月 14 的感觉 · 095
卢园品茶 · 097
美人纸扇 · 099
月下诗魂 · 100
致已逝的某某某某 · 101
引爆全宇宙中的所有星球只为那一刹那的光亮 · 103
平淡 · 105
诗雨秋 · 109
邻居 · 111
眠 · 112
名诗解读 · 113
思 · 115
童年照相 · 116
我爱着那些我不认识的人 · 117
眼
——致莎莎 · 118
答案并不是你们所能预料的 · 119
是的，我就这样回答你 · 121
某月某日出席某场讲座 · 122
记某次意外事件 · 124
唠 · 126

工人在城 · 127
浓茶 · 131
诗人 · 132
为李鸿章招魂 · 133
我渴望的退化 · 136
误会了逻辑 · 138
小城诗人 · 139
写在无理之前 · 140
月夜落叶
——赠竹旻晅 · 142
缪斯的狂想
——致竹旻晅 · 143
我们大概被占领了 · 146
我写诗的缺陷 · 147
生命偶想 · 149
卖笑的女孩 · 151
谋杀案件 · 154
我有远视 · 157
杂牌 · 158
人在城中 · 164
世遗风景 · 166
想乡 · 201
杂感 · 204
那夜遇到…… · 208
昔日的向往 · 210
南湾港之茶的自述 · 212
春雨坊新记 · 214

我记下的梦两款组合・215
小城故事・219
衰老・222
寓言城市・224

澳门简史感觉版

序章

无风

无雨

无浪

无灾

点点

　渔火

瓦蓝

　天空

古朴

　居民

自

秦朝以前已存在

春夏秋冬松山之巅日月无穷

微风顺着潮汛将五体俗气清洗

阡陌像一条松落鞋带

浑身都流溢着无争宁静

虽

偶有叠石盘根

但燃烧岁月已为你开路

全然抛弃

不需探究宇宙

它早停在四壁

清晨把微雨结成琴弦抚弄

诗人常会撑伞循声造访

看窗外草木扶疏

飞鸟缓缓拍翼

好一派无欲之美

诗这时绝对是一种媒介

令灵感毫不收敛

还是赶紧赋上一首

然后

一股脑儿向三千里外海洋宣读

让

爱的距离归零

我非诗人

但

也跟着伸手折下莲朵

插在那无名黑沙岸边

岁月

　遥

　望

最后

成为招安记忆的告示

一、寻找 1553

船来船去

平淡如猫步

躺下

就在这膏沃海港

饱满的盐味终于撑破海风的临界点

这天可以发生很多事

例如

阳光不一定要照例配海滩

又例如海水不一定要配上太阳油

总之无可无不可

但海员今天却偏偏选择配上了晒货

桅帆

与索绳

停靠

现在乳色的船就这样静泊如处了

妈祖

这是否另一场风暴出击前之征兆？

天晓得

最终

一列一列“割眼睛东西”[1]

---

① 即蜻蜓，葡萄牙人对其的称呼。

环顾四望

一行

又

一行巨手

四方探寻

水渍介入冷峻石板坑道同时

同样都挟带着遥远彼岸的梦

“这可是传闻的夜叉鬼？还是勾鼻修罗使？”

“这方舟不来的鸟地，他们来干什么？”

为什么？

为什么？

反正这是……特殊夏天的恼人事

蹲在石阶上

空无的龙的变异传人拧着脑筋却没有得到答案

或许

无人想去探寻也说不定

直至硕大黑影由头到尾龙骨到脚趾探摸着

揪心地抬眼

冷汗也跟着汗毛竖起

儿子已惶恐躲在母亲背后

母亲不自主的步子向后一角土地靠拢

一呼，一吸

一吸，一呼

即使呼气所有人都用力节制着精气外泄

“呵呵呵……舟触风涛，水浸贡物，还请借地晾晒。”

“噢……”

勇敢的老爷衔着烟枪问："可有信物乎？"

他们手中拎着的花花白银（一说地租银）令到期待放假的灵魂得到悠长假期

传说

那天唯有一疯子目睹这一词不达意的悲喜剧

最后还不自主地狂叫："太迟了……原来长靴的污泥可以令双腿变得修长"

1553 年

此地人口数千

外地人口数百

数千与数百之间

据数学大师分析两者并没有交集

二、贸易奏鸣曲

我爱茶叶我爱生丝我爱白银我爱黄铜我爱黄金我爱朱砂

我爱麝香我爱水银我爱锡我爱铅我爱火药我爱糖我爱梨

我爱茯苓我爱樟脑我爱陶瓷我爱墨砚

最重要是我爱你

（猪仔馆会乐意成为你开拓世界或被世界开拓的向导）

世界都喜欢东印度公司运回的一切

当然我们不会只重物质不重心灵

你们不是有句话："投我以木桃，报之以琼瑶。匪报也，永以为好也！"

所以我们将会努力地报之以鸦片

连梦想都一并运回

此外

为了令你们得到有效的保护

我会用双手把你们一寸寸都拥在怀里

圈养

像赤道捆绑了地球

从此慢慢在基因深处被驯服

以后再没有人知道为什么澳门会分为内城和外城

好端端的中国土地为何会有荷兰园、黑鬼山和施督宪政街这样稀奇的名字

这是为了让你们提早适应进入全球化的时代

努力地接轨

最终让地区名片被擦得铿亮

同时我们的皮肤却承受着破皮的感染

天堂

从犯罪学的角度

有时也是可以成立的

三、筑

那些陌生的人

那些陌生的土地

甚至那些陌生的空气

我们到底是在哪里?

中国鞋与葡国鞋不同

中国马车与葡国马车不同

中国建筑与葡国建筑不同

中国腊肠与葡国腊肠不同

中国李白与葡国贾梅士不同

中国凤凰木与葡国凤凰木不同……

中国与葡国不同

闭塞的空间感促使他们终于下定决心要重组他们的风格

披着黑色的织物

用力开凿那有罪的石头，把这片山地，不，还是每颗沙也起个圣洁的名字

Nuno、Ricardo、Santos、João、António……

竟还使人相思不已

你

把时间弄成玲珑剔透的玻璃

把空气画成那一抹棕榈叶的颜色

然后加三五道门

　　　　四六条柱子

　　　　　　　七八首颂歌

建完

为了证实那年那月那间小堂的曾经存在

过程

变得格外感伤

最后成为一幢柠檬味建筑

不用掰开

看着也令人心酸

阿里路亚

再过去是圣诞节

神也不会否认往后需要学习外语

然后

自己也会跟着忘记了本来的存在

四、合作背后

当这里阴雨绵绵

而故乡那里阳光普照

相同地活着

这里却永远都属于持续的累人

悄悄地合作悄悄地争执

仰首灌入倏然剩下的红酒

“咕噜咕噜”酒入弯曲的肠道

一切只有顺着循环出现的可能

日子就在几件无聊事间流逝

但每条神经的压力仍在

我想

一小截尴尬它也必会使诗句最终遗失颂唱的可能

愚昧的空话加习惯奉承的耳朵

不仅痒也会痛

即使我将它缩到细胞那么小

小也是一彻骨无奈

桌上没有罗盘

没有总有没有的好处

把手指头插在城市地图的中央会成飘旗

我隐隐听到手指发出骨折的声音

清脆

但喂我以前行加快圈占的勇气

五、天火之焚

由
无到小
小到大
大到无
三角形的山花无力顶着十字架
但天使浮雕依然用心护着耶稣刑具
圣母踏龙头没有把七翼龙压倒
所以
火流过指间没有替歇
最后降落成太阳
我们从此不单获得了歌颂上主的权利
还包括那些颓废的
在片瓦断垣浮泥飞土中教堂成了埋骨处
没有可能开释的受刑人
人们实恐那尖骨最终会如戟
刺破
那些无辜的东方灵魂
然后柿山那头哪吒三太子听闻
喝下多少壮烈的酒
平伸两臂
想想管他是玉皇大帝还是西方上帝
吾去为迟

明天就去坐镇
传闻百年后这里被后人评为世界文化遗产
三太子再次起飞
最后
只剩下云脚偶驻

六、关闸的关关闸的闸

他爱我
他不爱我
他爱我又不爱我
他不爱我地爱我
关闸的关并没有关
关闸的闸也并不是闸
没有关也没有闸
没有闸的关算不算真正的关
没有关的闸算不算是一道闸
你宁愿相信
他爱我所以关了
而非真正意义的关
还是
他不爱我所以闸了
但这非真正意义的闸
卡在关与闭之间
中间隔了一片天空
我想这是关也好闸也好

总之关闸开始从情感学出发而非建筑学讨论的一刻

关闸已经不是关闸了

他爱我与不爱我亦已无关重要了

最重要的是

我爱他

尤其在那关或闸之后

七、土生与土特产

明朝的一阵风不言不语

令蒲公英飘散到四方

带走了的思绪离地，离山，离海，离果阿离马拉，向世界幽深处漫索

最终看到澳门港

喜欢这是地球的唯一

我们选择降落

寺庙过去

教堂过去

广场过去

Nhonha na jinela①

目睹这浮生一程的她对我说："你不觉得这种不知所以的等候很适合黄昏的味道吗？尤其是在那只会为正义而非旭日冉升啼叫的葡国公鸡面前"

一二三四五……在第N遍啼叫后

① 土生葡語，意即女子在窗前。

定必会令你抛弃沉重历史、身份与民族包袱

最后

连我们也不自觉爱上那餐桌上葡国也没有的葡国鸡

但先声明一句

你可别站起来啊

八、红火岁月

我们看红旗飘舞

（人民满怀豪情）

我们祝愿红太阳永远高挂

（祖国一片大好形势）

我们紧记红的一切教导

（在社会主义引领下）

我们雀跃于红的伟大胜利

（为实现四个现代化而奋斗）

起来

起来

起来

亲爱的同胞们让我们一同点起红的火炬

寻找

一朵主席的身影

九、爱在经济起飞后

荒地没有了

人回来了

河流没有了

污染回来了

宁静没有了

嘈杂回来了

世界大了

多了一个澳门

这里即使有生命的路口

都会以每秒数百米的步伐冲向街头

前进前进前进进并不代表需要在红灯前稍事停留或反省

方向盘到底是谁必须要掌握的东西?

是你?还是他?

匆忙中

只知道发展的腰带上还挂着自我会相当笨重

早产的城市断了缰绳更显得先天不足

持续的恫吓最终令工厂不带任何表情

彻底漆黑的城市

只有高端建筑被晃得金光灿烂

打开所谓自然的宝盒写意都已难逃风蚀尘侵纷纷剥落

在餐馆前连奶油也开始显得格外忧郁

更大规模地种植文明令文明繁殖

文明书写文明的历史

文明印刷文明的历史

文明复印文明的历史

太快了吧!

为何世界会变得如此统一而又难以辨认

某些人自自然然地抛锚了

大概身体内还存有那种迂腐的小城概念

我可选择在床上哼歌

“唏唷唏唷鬼叫你穷呀顶硬上喔鬼叫你穷呀顶硬上啦……”

但空气在歌声中发酵成啤酒也跟着流出生活疲惫

最后累倒在

没有快感的A片

没有话题的网络世界

没有鸡毛的肯德基

我努力锻炼着双拳紧握

这可是专家学者们提出的每天规律运动劝告

城市同时也显得规律起来

分外安全健康但倍觉异乡陌生

我想尽管你有千般不是

但失去信仰后

爱你

已成为习惯

十、金钱挂帅下的赌城

清晨我看见了有人喃喃自语

Who am I

Who is my father

Who is my mother

我指着太阳，这是否你要的答案？

他摇了摇头

我指着海洋，这是否你要的答案？

他叹着气

我指着天空，这是否你要的答案？

他绝望地痛哭

最后我在包内拿出钞票

他轻轻一笑将其收起后扬长而去

小女孩说我受骗了

但我愣在那里就是死活不相信

最后我想这准是能普照宇宙、包含万有法道，熄灭生死、超脱轮回奥妙，能够摆脱一切虚假表象修成正果之法事

果然我也跟着顿悟

白鸽在这里并不代表和平

它已被压成一张票

虽然代表了希望

一个只属于自己的希望

但只有属于自己的才是真正的希望

终章

消失

　河道

消失

　　人情

消失

　蓝天

消失

篱笆
消失
渔火
消失
士多
消失
木屋
消失
人情
消失
纯朴
……
一转目
所有都已退出了澳门风景
连梦也赶不上
道别
于是
在凌晨 3 时 28 分
一个无梦之夜敏感的小城
诗人们全都扎醒
他们发现在大潭山的雾气与西湾湖的气根及亚美打利庇卢大马路的寂静无声中的确有那抑郁存在
瞠目
喘气
最后
随

冷汗

排泄出去

一阵朦胧的彷徨

过后

人又再次

合眼

睡去

不知道与不知名

A：我不想仔细描写
　　我所不知道的东西
　　从不同角度
　　看
　　这些不知名的东西
　　都会……
B：不是在讲不知道的东西吗？
A：不知道就是不知名

这就难怪世界上还有很多灾厄
大概是因为何不食肉糜的遗传
但是时代让我们进化了
我们由个人的不学无术进化成可以向世界的不可预测性推卸

18 / PT / 2005 批示

1. 绝不可抄袭但在可能的条件下要广泛地参考先进地区作品以提升竞争力
2. 思考创新的必要性而后尽力创新但要在保存传统地区文化的宣扬基础下
3. 现代、后现代在此间的抒写感觉是否呈现了一条非等式关系的再行商榷建议
4. 颓废主义、恶魔主义、实验主义、非良性的后现代主义等的减免应用和操作策略实施
5. 根据诗人法规第六条第一款至第四款的第一部分，以及第九条之附则，个人情感，而非对外界社会干扰属诗人管辖之工作
6. 根据诗人法规第十七条第三款最后部分，诗人有对自身管辖并形成自律行为之责任
7. 诗人许可创作准照由三年降至两年，并积极配合一站式审查服务节省审查时间，未来将会逐步推出临时流动诗人创作准照，以祈优化措施
8. 专属部门许可签出质量证明书及检疫证明书
9. 允许以匿名方式将作品寄送特定个人，但寄送公共或私

人实体应考虑实名的需要，并需严格取缔恶意攻击之诗作

10. 未来一年将推出二十六项有关之诗人培训，并拨款三千万聘请独立顾问公司研究诗人持续发展之可行性
11. 一般诗人许可创作额度扩至最多二十五首每月，并应平衡及保留其他诗人的生态竞争力为原则
12. 研究设立最低稿费机制，并成立专责委员会研究
13. 对获得国际奖项之诗人必须实时启动研究保育可行性机制，并于不超过一年发定时间提交相关研究保育报告
14. 在主要优秀诗人缺乏创作的同时，许可获得优秀评级或以上评级之诗人以代任的方式创作，但不能超过三年或一千五百首
15. 上述 1、5 及 6 项所指的管辖权：
    （1）能上报批评参考作品指数过低之诗人
    （2）认可其团体内之诗人表现评核，除了属其担任评核人的诗人外
    （3）接受与不接受缺席创作，与以民主形式研究讨论对社会攻击之危害效度，并按相关规定做出惩处
16. 废止 10 月 5 日第 13/PT/2005 号批示

2004

20042004200420042004200420042004200420042004

20042004200420042004200420042004200420042004

有的人每天都会念二十次“死”

来为自身污秽不堪的灵魂祈祷

有的人每天都会念二十次“死”

来祈祷你那污秽不堪的肉体永陷地狱

波子（外一首）

我长久注视那颗珠子
从里到外的刻凿都在拆解我的神经
现在
我享受它在我视线划过时的快感
难道它总是喜欢在那门外拧紧所有人的灵感
作为半个生命者
半个诗人以及半个其他
我要回忆整个过程
就像一个验尸官细察那可怜的尸身
我被你控诉之余
但
请明白
我的风度注定是有个限度
幸福之神本来就没有盈满的手
而描述注定亦将是最后的沉沦
你的圆形的线条被曲线围绕
没有圆周率
如昏型乳房撩人抚摸

亦如 18 世纪或更久远的那阵不定向风
无法按扁
但充满了溺风者的灵魂
这样的时节里
我只习惯跟那暗恋的人的性冲动发生关系
所以地狱其实就是天堂
你看
可是你却在我食指与拇指间溜走
这是固有轨迹还是已经出轨？
我应该继续虚构你的存在？
还是？
喂
小心你的响声碰着楼下推木头车的声声
诗篇
仍待修改
但密密麻麻之外
已确定没有波子的空间

明珠

用钢筋把诗扎好
让波子变成明珠
然后搔首弄姿
向过路的一队诗人又是戏子的挤眉
以图卖个好价钱

曾子杀猪

莫用那种猪一般沉重代价
来衡量那颗狐疑小黑眼珠探寻真理的重量
正像有心人虽然永不会懂得
魔术师如何在空白口袋中
变出虚幻的真实谎言
但依然尽力不去揭穿

轻声叹息
让猪在缠绳下挨上一刀
总比一个情深款款的小孩
在脆弱诚信下挨上一刀好
正是这个道理
在娘亲舍不得的哭叫中
曾子教晓了孩子如何在欢笑中
摸透人性自私的把戏
而小眼睛依然在观察着
观察着……世界其他可钻的空子

冰条

吮着、吸着，甚至咬着
一如母亲乳房的汁液冲上脑门
在夏天
全世界都在重复这个动作
只因在西伯利亚
这是种缺乏母爱的过瘾
而不幸地在某个时候被我们拾起
成为潮流

晨光

一大堆未经整理的……

在铁幕布景底下期盼上帝的昭示

两行自晚唐飞来的早鸦激起眼红的观众的眼睛斥责将不会有眉毛

满载阴霾的脚开始变得没有跫音最终成为了垃圾的内容延伸

露水　滴下　粉碎

打响晨钟

时间却并没有因此而醒觉

孤独伫立

只有刘备因此惊觉对曹操意淫泄露的危险

僵化的意象马被人们踏成隐藏影子背后的影子

在仅余意识与潜意识间隙之间

我多想侧着身过去盗取天空的第一束秘密

内盒正被打开于外盒内还有一个内盒

魔鬼在举牌游行抗议

高呼这与神圣的黑夜逻辑多不和谐

天使是便衣

眼里流转的是

漠然

没有通知绕道而行

但万支金色的箭头却已准备粗暴地射入

以太阳呐喊为信管

加上

远古后羿的姿势

在后羿与太阳的矛盾中

掀开三万万个少女矜持面纱

让巨人用刀片分割那太虚混沌

羊水已穿

没有轨迹

本身就是一种轨迹

别

镜
碎了
没有完整姿态
影
散满一屋
谁能再雕塑框内静的形意
永恒可还在幕后等待呢
要化妆吗？
时间？足够？
掩面自问
演员
从来
脚步都很乱
就如窗外放射的道路一样
承受不起今天的一个
抉择
别了别了
我再次摇手
我坚持保留沉默
即使戏已一去不返

错误

在一个错误的时刻
选择了一个错误的方法
去下一个错误的决定
像袁世凯选择了皇帝而非华盛顿一样
在错误的小路上
时代就把我错误地埋在那里
直至在树下长出另一个错误

答辩

21 世纪
我们都在追捕诗人
然后
仿照恐惧斗室的精彩设计
让他们选择痛苦的存在还是痛苦的死
无论
结果如何
我们需要细味咀嚼并享受记录其扭曲的每一个瞬间
然后
待其出逃或气绝之后
将他们的牙齿、血液、手或脚，甚至头颅制成标本
当然我们可以选择生殖器或指甲或睫毛，但需视乎创新及合理性之间的平衡
并以摘要、绪论、正文、结语的模式做细致包装
售予年轻学子研究
偶有学子提出这还算是人吗？
答案肯定“不是”，因为这是科学
当所有异端都被消灭后
最后学院派教授们口中会琅琅吐出
答辩合格

大事化小的生活化文学

世界时兴将世界上最小的事件相联系

她始终抿着嘴摊开鸡翅 × 绿色的菜心＝鲜花插在啤酒瓶里比插在狗粪里要秀气一些

于是我也将自己缩小

然后在汽水瓶的背后自我陶醉一番

莫怪我忸怩地避开人生污点

因为我绝不想将你看大

一块伤疤就让他像山峰一样高插入云

一行热泪就让他流成长江及黄河

然后伊拉克会没有战争

× 国不会称霸

猫咪依然吃着鱼骨

少女依然有丰满的乳房

而你

没有意外

亦继续在生活化中消亡

菲国掠影

一、美军纪念园

　躺
成
十字
之外
还有很多个的
十字
在蛇立
大概是今年冷秋冬眠前的收成
现在
只有新铺的
　　绿头的小草
油油
一路尽力烙出
生
的假讯号

二、佛光山

行行重行行

此山原来没有山

但

佛早已随开发遁入寻常百姓之家

在莲座下

一个午昼

我匆匆地来去

住持

化身为驿站

慈光遍地

一个风铃摆动不停为静点缀

夹上一箸斋素

见表演的人都流汗了

我忙说：

生活吉祥

三、圣地亚哥堡

一百五十年的风霜建造

我惊讶于昔日辉煌

现在只剩下懒散野鸟拍翼

十月苔藓

代表草木之神

在颓楼败瓦中
覆盖整个下午
这里曾经有最多的炮
而撼天炮声
在每道石间依然存在
迢迢千里来参观的我
在那兵营改建的现代舞台下
伤痛未止
就为了这场最多无名角色死去的真实荒诞剧

四、贫民窟

就在市中心
游览车在缓缓前驶
导游在侃侃说着:“这是马尼拉最贫穷的地方，请大家不要拍照，这会伤害他们的自尊心”
果然穷困如浪袭来
铁皮屋、轮椅、盲、发育不良、污水、垃圾……然后
天空亦收窄为无尽的长街
永恒轮回又来到眼前
原来这才是小说中不曾出现的江湖真貌
苦啊苦？苦苦苦苦苦苦苦？
但
为何你们依然拥有着如此灿烂的笑？
谁在伤我的自尊心？
我随着这心中欢笑
继续前往那场为我们准备的最丰盛的晚宴

寒夜说佛

寒夜说佛
品着茶呵着手
用毛笔写下一个歪歪斜斜的“佛”字
佛说:“叫我吗？”
我问:“要上香吗？”
佛说:“是要的。”
于是我在《金刚经》上题了四个殷红大字——众生平等

货

一条牙虫

终生都长不出翅膀

只有让邮票记下了那些有点儿缺陷的记忆

背对背（可能是面对面）

你有你观点

我有我过瘾

听说我们原来都是失散多年又都是被他们尝试重新寄出的包裹

痛的原因实在有很多

相知肯定是其中的八又四分之三个原因

重真的是如此的重？还是我们都习惯被看成重？要么那重重的机器也说谎了可怎么办？

无声无色中我的身体已习惯于碰撞

连同可能的

寂寞超磅

还是系我于黄带兮

让空隙抱得更紧

没有那地址也好

这更易在迷途中寻获一个借口
世界本来就是一个没有墙的仓库
人人都可寄出
人人都可收纳
只是意外多了一点儿

追打

从地板到木柜缝
再由木柜缝到餐盘上
那个就是你吧
以人字拖发射
以惊喊声跑躲
全屋子的人都在追打或逃避着
那一只粗心的蟑螂

世界的人们
稀薄成符号
同时从地平线上各处蹿起
也在拍打那只冒失的蟑螂
以导向飞弹
或正义的旗帜
保障我们安全的权利

在赌台上

朋友
伏在赌台上
数筹码

别数了
这
绝对是
　　五十万

停——
双六、五十七点大

朋友说："幸好，想押小的"
我说："下铺那五十万总会输的"

后记：根据统计暨普查局数据显示，2006年6月30日本澳的居住人口估计为五十点三万人，较去年同期增加约二点六万人。

在天空

我
临高而立
尖脚远望
天空
标志着宇宙的纬度
那
或方的或圆的或狭长的空旷
都是熟识的陌生
像
听众神
一段祈祷
在掌纹上缓缓游动
我们都航在其中
一握四溅
蓝色的碎片就这样分散天空
彼此对望
却有
从未有过的完整

三十岁的影子在随日照退去

自金黄转向深紫

而

纸的月亮

依然挂在

天空中……

月饼与非洲儿童

腻
除了蛋黄和莲蓉外
仍是
腻

苦
除了贫穷和疾病外
仍是
苦

黑

记得有一种白描手法
是将一切都反黑
然后
人们开始分析
一个影子的一半
会比另一半黑的理由
根据经验
它们的黑是介于黑夜黑与墨水黑之间
有人亦归纳成天然与人工之间的对抗
而当我从它们当中走过时
我没有怀疑过自身的信仰
黑依然是黑，多么实在的存在

牛

你们认为是勤劳的象征
而我只记起那倔强的脾气
和
那感伤的眼泪
尽管那是布哈林[①]式的
一种只流于自身的眼泪

---

① 布哈林，苏维埃理论专家，当年苏共领导人之一，后受斯大林陷害，1937 年被捕，次年被判死刑，曾于死前写过多封信予斯大林：“最近的全部愿望都集中在一点上，那就是紧跟领导班子，特别是紧跟你……我打算写一本书，我想把它献给你，并请你写个短短的序言，以便让所有人都知道，我完全认为自己是你的人。”（1937 年 4 月 15 日）

蚱蜢

阳光屈曲透入腹眼
在最后一个清晨
环视荒芜故园
只能搜索焦土气味
弹壳横卧草丛
爬上土山
一池塘死水
一株颓废芭蕉
承受孤独凄凉
伸动长长的触须
时间已拒绝了速度
探入无声腐土
往左或往右
只祈求那一点回音
然后奋力拍动双翼
扇开死寂
腾身寻求一个新的立足点
观看世界
但我想
这已经无关重要

折翼人

只记得一个故事
主人公来自诗人古部落
那里
没有高山
只有河流
而两岸则有许多泪的碎片
而他亦努力
为自己的寂寞找个借口
并
渲染
曾有一双小翼
能
承载
一个失去预言的
国度
黑的睡眠
黑的梦
最终只能领受黑的洗礼

一泻千里的
气候又总是寒带
或许只有这样
才好
令冷漠的人感兴趣

最后一次
让喧闹
比云翳更贴近天空
痛苦
虽然淡没
却
早已书写在那稚嫩的瞳孔之上
只有我只有我
深邃
也恁地
看出
门外
仍是门
而事实
就是如此

这诗应该怎么写

本来活着就必须回答好自己
但我却不懂得如何回答活着
因为
插入我眼瞳的是那
从古典里头
　　复活的
　　　怨灵
既可爱得讨厌又难以却步或逾越
此刻
有口难言
只有赞成眼睛
我知道住在对面街无眠的人也因为此事而辗转反侧
大概也是手执《天问》之故
为何夜读此书？
这厮（诗）就是如此顽固
如八爪鱼触须
缓爬
而

抓紧

谁会喜欢打开门就这样敞着一个不请自来的不忠实的情人

恰如

那一束憔悴的康乃馨

你会知道凋谢的结果

还有那雨带来的足够苦涩

活像吞下十枚咸柑橘后

我就开始明白城市的某种心情

于是草草地写下单纯得可怜的阿难

只有你

你跟着我吐出脖颈上弥留的一片厄运和死水

我跟着他于巨大的鼻孔喷出盐巴

他跟她跟他们以及他们的他们

都这样呕出那长街的寺钟的繁星

你不必计较那个刻板的制造过程

因为我会应节地处理你喜爱的月饼

但可惜的是

莲蓉及蛋黄已被我带走

在真理处享用

而皮囊依旧搁在那里

等候

灵魂的宽恕

在小城马路上看见的交通事故

小城
没有了马
换来的是另一种铁的危险
这里是勇气的竞技场
为了逃避神或者恶魔的呼唤
我们用了最快的速度跑完最完整的一生
就在我们的时代
根本是没有什么好谈的了
尤其是那些禁止超速、禁止调头、禁止过线等等
一切只会禁止的腐朽规则
只有
起来
革命！革命！革命！

“起来不愿做奴隶的人民”
不必计较路有多窄
最重要是过窄口时到底有多激
一百米的激情

一百五十米的快感

两百米的高潮

无畏地死去实在比无畏地活着更易

横躺的革命先行者在看着

围观人

表情到底有多欢快

尤其是

两岸绽开瓣瓣的合时血花

和

皎洁月下桂枝上的斑驳轮胎痕

然后

没有人再记起

那无辜孩童

留落在安全岛上的

意外

在水一方

0. 背景提示

东

南

西

北

慢慢地有如淡淡的薄荷

轻轻包围

未知最令人不敢

举步

甚至是那最微弱的挪移也会可能越过终点后头

或许后头……桃花源就在……或许只飘浮在陶渊明心中

因缘的所在，情景之中

雨在树下特别的凉

仍落着

我们没有选择种种可能就这样站在原地

歧异的方言

把想表达的话折了又折

最后
竟成了一串委曲叹语
欲言又止
我想谁扮演行人最后还是走不出站立与等待之间的迷惑

1. 来历

一片狼藉
乱沿着路在找寻曾经完整的自己
只有
背后
那
一道蔓痕
一条青蛇似的
划出这一切来历
虽然只有简讯一般的长度，但
你自水中来
应知水中事
所以
每当有心事的时候
难怪，你
都
总
会带着水的独有的蓝的忧郁
越近越淡
我无法抓住

你竟然

在众所注目下

一滴一滴

直到

入诗

如叶上留下蹄声踏过寂寞

2. 探寻

我没有白居易的幸运能找到那绿如蓝的江水

所以

我还是闭上嘴让水自己来说话

谁知它竟静静地解构自己

久久凝望这种现象好像自唐朝产诗的那一年开始

一匹鱼沉了

一窝水草挥过手也别了

最后连咸味也平衡过去了

这种感觉如何

孤独本身就是个句号也是存在

寂静万籁的空无

到底

黑暗比空洞空还是空洞比黑暗黑

手指能触及的无常令我明白

这种层次的推敲并非思维就能企及

在这海深底下答案却像是那只温驯未醒的猫

随便顺水做梦

涟漪开来

水的舌头包括口水多少有股冷的味道

你有没有看到

梦里

凡高告诉我最丰富的色彩还是蓝色加上黑色

但是否包括那一江离骚留下的冤魂？

3. 航行有光

一茎为始

一叶为末

而在拈手折下的一刻始与末才开始真正地握在手里

虽然最易凋敝

且芬不得薄

但毕竟曾经存在

幸运的话经过近亲繁殖也能成为传说或者标本

而我就是这样被咬着脚夹在时间的某一章节里

久而久之

渐渐积淀为永恒

摊开自己细细打量

发现满脸发黄的泪痕已被压扁并层层剥落

没有华丽的纹路甚至连揉皱也没有

只有行者才会喜欢这平面的苍凉

我还是赶紧拭去

连同附带着的那种干冷

恕不多待是上策　但

可惜的是原来一切，早已
迷失于复杂的泪的海图概念之下无法校正方向
我多放小舟才好寻回那航海时代
路过
出没海象的海
海在呵欠
一畴浪把浪浪去从前
此时
海象就是海的雕饰
可我又害怕正视
海象有的眼光尽是多年的心事
尽然如此
它依然保存着海的酷
很好，但
酷还是比较适合远观的

4. 搁浅

比萨塔的倾斜令我知道
世界在下沉
爱在遇溺
水无论从哪一边进来都是进水
我已有百分之七十至百分之七十五的身躯沦陷
并无希望地带
所谓水溟溟兮
水在胸前

哪怕是最深的一层抑或最浅的一层
最汹涌的抑或是最平缓的
现在只剩下安静占领了现场
结果如此
但逐寸过程却如斯含糊
没有一样东西能说明这不是一起悬案
没有证人等待召唤
茫然四顾但又无意沉江
鱼儿更无需还俗
只记得在带走水纹的人群中有人如是说
这里曾
与真理擦肩而过
而真理与顽石应该属同一质地
至于那砰嘭一声，又或者进水等等
则
纯属意外

5. 死得其所

因他而死
海鸥早我一步发现
尘世被冲上了岸
失序的记忆已散满整个皎皎沙滩上
打湿的尸首再加上用水赶缝的青衫
我们用双手才勉强把他稳住
但他怎么看都像具木偶而不是图腾甚至是尸首

眨眼间好像还忍不住颤动

这颤动最后更辐射成痛

起初我还相信这是不合理的扭曲才令痛孵化爬满全身

后来却有人对我说这痛是先人对海的痴恋

溺水而亡

原是千年前植种之神话

今天又再出现

绝对要命

最后

我们还是赶紧将亡字托起

轻放入棺内

当我别过脸

棺内微弱地传出

入土为安哪有撒海四飘来得潇洒

我明白，这

是独白也是挽歌

回味

在那长黑发断裂的世纪末故事中
没有窗口，但光却汹涌而来，它们打破了玻璃
应该还会有些碎了的粉紫色的婚前DNA关系残留
即使你自身像商品一样正受到减价战的威胁
抑或是啤酒的泡沫已把沉重的你浸得过高
基本还是可以被认定为
那些在枕边曾眷恋过的追求过的梦寐指纹
而那条舒展童年走过的路上
戒备森严得嵌有胸罩底裤以及其他盔甲保护
无法让灵魂相互取暖
人们依然很匆忙并更奋力地向集中营前挪移脚步
并询问往日的下落
向前，大概是为了找回滞后的记忆青藤
而我有一个使命
就是告诉你“请停下吧！这将不会是最坏的结果，其实青藤早已悄悄爬满在你视线之外”

看

谁又重临紫色的眼角
那是你捎来的相思
摆放在
7 月，混合着一瓢碎瓣
在流星雨下着的晚上
笼笼叠起
一种占据形态的禅味
攲卧成弧形
自太古最初
圈住了
云的孤寂

郢书燕说
——记一个美丽的误会

幽谷写信
笔锋被热情细致雕琢
微谓
因夜的空旷，分外飘忽
他扔了烟蒂
思索
那藏在床头下杂乱的千家之说
如一根槁木莽图合理地摇匀功名、理想、其他与其他
就在此刻
时间——一个深邃夜晚的子时
事件——蹿入的一只瞎眼蟑螂
拍翼扇动焦急的睡意
如猫步
经过脚尖偷入脑内

举烛！
举烛！

举烛！

惯用我那磁性的鼻音

驱灭

那黑暗与睡意纠结成的某种风险

霎时

灵感成灾成灾……

醒来

命中注定

信已在横路的红叶上

接近终站

……

就在这天你我重逢之时

已忘却了什么是举烛

如两条平行线各自寻找自己的方向

我把自己立起来

伸腰

呵欠

你忘了道谢那美丽的误会

我亦忘了提及

那一串咽在喉头难以诵读的粗口

有一些话

有一些话我们要把它藏在骨里
有一些话我们要把它藏在肚里
有一些话我们要把它藏在话里
所以话大多是不能说出口的
除了谎话
大概这是一个习惯于写而残废于说的人的疯话
但可恨的是在真理的空格里
我总善于填上错误的答案

我们

我们绝不会有身体饥饿的情绪
因为所有的身体饥饿总在我们之外发生
好像那些我们朦胧认识的中国西北或西南
　　　　　　　　　我们依稀知道的非洲
所以我们大概是正常了
即使只剩下空的姿势
这应归因于
我们全力回避了那些应有的审视目光
正如我们绝不会审视别人一样
遍体鳞伤才明白为何流血无滴
所以
等待着我们的
是一种被我们唤作精神饥饿的传染病
以及那末日前
前所未有的吵闹

我的野心是想成为经典

教堂是尖的
耶稣的圣环是圆的
刀子是尖的
淌下的血液是圆的
笔是尖的
扭动的字体是圆的

火箭是尖的
穹苍是圆的
高跟鞋是尖的
垫着的肚腩是圆的
刻薄的说话是尖的
口型却是圆的

毛遂自荐故事中的比喻是尖的
绣花针也是尖的
由历史教训到生活小事让我明白到
毕竟尖的东西

总会在不经意的时候令人刺痛
所以现实中我们却更会偏爱圆的
由天地浑圆到说话圆谎
当你认识到了解到学会
野心就会告诉你圆的妙用
然后投胎
　　成
一个小小小小小……
　　　的经典

我不过是脚趾边的一滴水

最后一滴
脚趾边的水未干
安息于已皱老皮上
底下是被吞没的热血
潜伏地一跳一跳
忘记忘记忘记
仍掩不住忘记
惊觉
自热而冷的线索
是等
是进
是退
问主人，他以一副愁眉作答
仍看不见尽处呢？
还是已尽？
为了证实这问题仍存有一点实质希望
我动，期望再次登临顶峰
只是我却不由得开始下滑，由趾骨到柔筋，直至最后依附

的那一丁点死皮

秋风如刀

我终于被割离而回到天地之中

天地告诉我前世就是泪

下世该怎样流就怎样流

无需留恋

往后或许会有人误认吾为水

但最多也是一滴曾存在于脚趾边的水

那也不打紧

瘦棱棱轨迹上总会有我留下的盐巴

永世不断

想

没有
　舍利
没有
　佛
没有
　梦
于是
众生
总是齐来联想
　　　颠倒黑白
当然
斯人去后
我还相信色即是空
正如空坐时我也会先想起色
佛袖一挥
发散随风
在菩提树下三世之树已被修了枝
有虫？

有虫？

善妒镌文

在受相行识中没有被揭晓

般若波罗蜜多时

抑或

诸法被破时

无碍无碍

幻想中那叶的丰盛

会心地张眼

对了还是轮回吧

这不过是坐完一轮又一轮的公交车

只是

苦路有点堵

如是

一切苦厄

都存在淤泥凝结时

但

一切拥有的不也是莲花盛开时？

无数香火

无数孽

诸佛也在快书地自求多福

喃呒，喃呒……

无题

岁月这玩意儿我早已不提了
尤其在这二八而非十六的年头
望着那热衷复辟的肚皮
惦记着那悄然而逝的乌发
我刚要发疯
就被人大呼:“不要向我挑衅”
我刚要大哭
就被人截停:“这里禁止上演悲剧”
我刚要号叫
一群被洗刷干净的呵欠令我明白到
一个——我不会号叫的秘密

一件小事

午夜
梦见你
也梦见我
梦见你在梦边寻觅
相呼
梦魂流淌的泪
原来
还是
那一串熟悉的红豆子

窗台独望

在深意的秋风里
不合格的记忆
最易打翻五味瓶
于是
在情感流满一地的晚空
便无辜地添上一抹惬意
夜凉欠身
从世俗深锁的闺房路来
向鱼
寻找
一江清爽的白由
祈望对视的一种沟通
于无声里理解一切
但纯粹不一定能得到补偿
却最易在流言的沙漠沉下
在这太黑暗的天堂
折翼的蝶
无力采下蜜

而让甜味独自流走
夏天看来并未送走更多的夜
一如干涸的河载不动梦的片片
把所有都给我忘了
晚上依旧会绽着星星
鸟巢仍比落霞更小
探出窗台
吊兰已被吊死
一张空置的冷板凳感觉不到体温
携着星光
更见幽暗
从
窗台看着窗口
又从一个窗口看着另一个窗口
灯苗也灭了
并未剩下那花蕾，这象征——静
静
在静化世间谎话留下的污渍
我耸肩
吱呀……
我搅不懂这是肉体的声音
还是
灵魂的声音
只知道自己已被打垮

改诗

一剑
挥下
壮士
也
只好
断臂
无需
再
争辩
就是
为了
卖个
好
名声
或
价钱

过三潭印月

我走了，走了
离你越远我就越看得清楚
那默默漂流着青苔的五彩花卵石
还有那横在水湾边一条惦着水的木桥
一寸又一寸的
潮湿着烟霭中孵出的
丁香情感

站在岑寂的船尾
一篙子的湖风
远比诗般的水墨写意为
轻
轻，就这样在那里裸着
……

紧紧地拥着那株清瘦杨柳入睡
在艄声中
缓缓吐出

一个又一个晃动的月亮

然后再没有人

记起

那毫不相关的

小

　塔

西北那座不知名的山

将百年、千年压缩成一瞬
以山的姿势
固定了历史的内涵
蟠曲蟠曲蟠曲
让千峰万峦堆成
千古血泪的悲剧
在扼着宇宙穹苍的咽喉下
感悟
那曲折之深沉
如在阡陌掌纹下寻找那飞不出四壁的出路
以太阳为河
深深潜入，如两尾白鱼
粼粼而来
视野醉成一行古老的执著
还原那黄沙间明灭依稀的古道
再没有了天空鹰飞的目光
在云沙沉没的季节

它早已

栖成一群

入地为土的

呻吟

于张家界的森林踱步

漫天
浓绿
只为酿造那天地间最浓缩的一点林荫
一瓣又一瓣绝不枯黄的足印
在昏暗的古树藤间
结织成一片
欲言又止的氤氲
一
如
禅房

不请自来的
叶
不知翻了几次身
然后
栖宿于生命的底层告诉我
似有若无
却又最清楚的道理

一个人最容易将木看成树

　　将树看成林

尤其是

在这一缕淡雨后的微弱斜晖中

鸣沙山上的风景

黄沙
万里
鸣叫成紫色太阳的年轮
好一片血火中的残墟
那地平线早已被诱惑成岩崖的黑风暴
卷起千万年拓边者的血性
金戈——
铁马——
一段段搁浅于
古老高原上的动荡历史
就在
那山峦狂舞金蛇的毒舌下
我
自愿成为天地间的第一名殉身者
滴出千种
血
让绣花女
携着那亿万年前埋下的针线
在丝丝缕缕间绣出一朵朵多情的
风光

历史

群鸽灰灰
残日为血
昔日刀枪剑戟早归沉寂
喧吵只有身是客的我们
峰峦累累
河山万里
过去
谁在狂风中寻觅一片厮杀声
谁在暴雨中隐着惊天之阴谋
石垣砖墙
流出
深红色殷血滋润着欲望之花
无需阳光和水分
只要一颗狼子野心
排成那一幅幅黑幕
前路茫茫
谁都在失流
在巨大的阴影下人变得渺小

请你穷上一生的精力
尽力
写下那一腥臭的路牌
勇士
只是一个杀戮的代号
谋臣
只为诡计团转
君王
只是一个扯线公仔
平民
永远是牺牲的产物

觅

共同潜入空隙的长廊
很长
空气缺氧而死
在反拍着指尖的微倾
坚强保险丝一夜已成为脆弱的奴性
转折到悲哀的断点
一段一断
泛起的泪打沉了生活浮夸
我开始明白我的身与心实在不够社会燃烧

月色朦胧夜色渺渺
一沟死水一双破鞋
踩出的是一条条拖长的身影
很急很快很乱
交杂的
风
混和了凄恻的气味
凌乱的

雨
分解了盛装
窝藏在口中的虚拟字
很湿
眼并不能捉摸到什么
我是知道的
只有乌鸦扑向窗口的一刹
终能循声而得到了一些
真的？事实是
耳并不能听到什么
但
这听不到的此刻
反而却能捉摸了一些

另一种距离

双手捧着未雕琢的梦
没有合理裂纹
不禁为之悲悯
胡子尚稀疏地挂在脸上
恣意长出是纷乱情感
阳光斜斜射入的
一刹那
就是在这刻
突然
有手自地伸出
拉走
这些不宜折叠的
　　　　　　　情绪
并顺着掌纹裂痕放去很远
而
那些话却一下子跃上胸膛，怎办？

自然与自然对话

必然是

虹逝之声

在第三片枫叶被焚白落下的时候

李贺指点着

我循指而望

我知道是些什么

但

这些事

你们又如何能知？

破寸心的激情

宛若凝胶

感觉只能在数学方程式中膨胀

量化的快感

唯醉者方能道出

漆黑与寂静相碰

若此

火——

花——

扼杀了稚弱灵感

抓不紧

太远

抓不住

太近

那是另一种的

距离

面对

面对牛奶
我会开始幻想牛的乳房

面对蝴蝶
我会警惕折翼后的危险

面对苹果
我会考虑既定结果的前途

而面对自己
我是什么都不知道的

水泡

痕，有点
更多的是比痕更痕的心瘾
就是无法抚平
在凸出的粗皮下我知道正流着伤心的泪
于是我无法不去抓破那座厚壁
尤其在真理面前
拉扯
把小缺口搅到大缺口到脓水流淌
纵然我必会承受感染的恶果

今夜

这夜风
真的很疯
刮得我每个伤口都隐隐作痛
车辆长蛇突兀如剪
寂寞就是一条被披口的布
霎时覆盖全身
忽闻有人低头作响
证明了彼此存在
但那更多的纠结，以及其他的会涌过来
恰如
啜饮夜色的微温翻过冰河又遇着落魄上了
并没有诗人的消息
只好
提起酒壶
隐隐暴裂的一潭
够灌满
　每组神经
而许多感受却在稀释中一一变旧

于是避风港外的世界
我们都将站成黑路牌
黑路牌
黑路牌
使人忍不住想起
是送葬的一列吗？
蹒跚地伸出五指
残忍地
按住内心苍茫的尾巴
只想在繁弦起伏中随光去找寻百年千年不祥人的愁绪
如何寸尽？我疯狂地想着

漆黑无声
才思起吾之乳名
一切都无力往还
我的思想力是只蜷伏弱鸟
飞了——
但今夜飞翔却是危险游戏
看看每格天空
天空被分成每格等分
种
宿命种子
你看
实在辨不出
辨不出啊
不如就此

罢手

而

方向从天而降

恐怕又是雨重回故乡了，也就这样

时近零点

时针分针秒针

　　　在大玩捉迷藏

此刻

恐惧是把火苗

专向记忆伸手

多少熟悉已成灰烬

你看多虚无

看看白天的脸

反映夜静的心

越觉越陌生

但讨厌的依然是精神的本身

你要记住

即使愚蠢地活在这当下

现实依然是虚构的模样

剃胡子

平凡的日子
连动作都显得格外平凡
田那边
稻草人也许跟着平平凡凡地隐了形
只好疯狂地去黄土地里收割成熟的稻苗
NO BODY NO BODY BUT YOU
NO BODY NO BODY BUT YOU
请你不要痛叫了！
请你不要号哭吧！
你的奋进大概是一种年轻的革新热情
但可知你的主人我却是保守主义的拥趸
拔拔
剃剃
无论拔抑或剃出的都是旧日的苦难年月
不慎
在凹凸不平的地图上添上
一道道殷红的国界
蓦地惊觉
误解原来是这样形成的

9月14的感觉

不知为何
我们的生命
总有逆流交错
交错也罢毕竟还水量充沛
可惜的是
最终依然被时间干枯
最后考古者将其定性为
　　　　废城
这里周围都残存了金雕玉砌的
　　　　　　梦
而在重重又重重的困围背后
现在只遗下一种新型的开放性闭塞
古道中旋下的线段
我小心翼翼地将它摊开
发现
石壁后留下了盛世温度
伴着那弹子上空的花火
凝固了微笑，凝固了音乐，凝固了裙子摆动的幅度

锻造出精美的浮世绘

毕竟离尘世太近
后世历史的人们终会记起
在辉煌里我们有着的
一丝悲辛

卢园品茶

在繁华中没有了脚步
只有独自一人
侧听
卢园最深处的窃窃私语
瓦蓝的天空
微风
正把五体俗气清洗
浑身
开始流溢着
那份早已被遗忘的闲逸
连带那阵阵荷香
最适合用思想勾皴微妙的感官触觉
我悄悄地
期待某种心神的催化
然后
在喷发中
生成远古冲动的爱

南方之嘉木兮南方之嘉木
我窥看着你的肤色
与
体态
我聆听着你的呼吸
与
心跳

一道又一道的窄狭小道
你依然狭长而来
一盏又一盏清澈的淡绿龙井
你又飘香而至

一呼一吸
四周是景
也是茶

美人纸扇

半夜的一场急雨
自我背后袭来
让
浅浅的红
点点的素白
从香纸扇的沿边遁逃
油灯暗灭
只剩下那踏水而来的古代美人
踽踽地栖息在云起雨落的暮色背后
掩手——艰辛地咳嗽出那右上角的一行纤纤草书
将今天出走的故事写成明天的一个传说
供后世人研究
美
　的
　哲学

月下诗魂

月下诗魂
摇荡摇荡
沉醉于星子韵乐
匿藏于云水茫茫

月下诗魂月下诗魂
轻轻牵动渺渺凡尘
柔和气息渗着温雅风度
柳丝絮絮透着轻盈的笑

月下诗魂月下诗魂
冥色四合正是你出没之时
无形无体
却是一首多情的诗

致已逝的某某某某

没有人再为你

即使连坐在窗边呼吸着夜色的我也没有为你点灯寻找

一剂能令快乐好起来的草药

“捣蛋鬼、捣蛋鬼”他和她，他们和她们，我以及我们都在说

你应该是个被生活规范放逐了的小鬼

加上又不是什么珍稀，所以并没有所谓的保护原则

撞昏头的你仍然不知道方向

仿似鲸鱼或海豚之类是说社会还是自己？

是说自己还是社会？

可为你悲哀啊！

长长的河啊！

高高的山啊！

酸溜溜的你啊！

既然选中了背向逆流

拼力游动之后是雨是苍白或其他都不太重要了

就专心在荒凉的现代中做只最黑的乌鸦来让黑去认同吧

你亦应该好好地去细味被子宫以及所有遗弃的激动

毕竟这也是永恒的感觉啊！
虽然没有等待就不会有象形的疼痛
可惜你总是要等待果陀的结果
走到尽头的人还是应该放开一点好
即使身首异处亦不要让所谓
半真不真的真理模糊在露了底的视网膜之上
噢，算了吧
唠叨的话已令舌头打结再打结并乘N次方
就被视作首有点玄的浪漫悼诗
再见了
新肉还是无法让伤疤满足
天堂的登记位置还有很多
如果不嫌弃没有车位的话
我会让令你这样的一个呆头
能充分拥有属于自己两片臀的插入位置
只是你的身体甚至汗毛都必须扭曲折叠
来迎合那无限思想的自由
小天使会像个洋娃娃似的
神的话语会像个留声机似的
如果你不嫌弃鱼骨、垃圾都加点浪漫纯白的话
那新的永恒将会洗去你旧的永恒
直至你从此再不认识永恒为止

补遗：你从高处坠下，去了，虽然爆了头，但庆幸你终于都不需要再做丧尸了。

引爆全宇宙中的所有星球
只为那一刹那的光亮

我们

绝望地等待相遇死亡的一刻

就在隐晦深沉的蜜蜂失踪谜题中

喧嚣

看来并不是提示，也不是结果

你知道的

你应该是知道的

理所当然、（我想）理所当然的应该是既然无法解答，倒不如用历史或文学记录一切罪孽

只是星尘看来有点越写越玄

如佛、如花的一个又一个眩晕幻觉更像哲学家的一点头屑

我将神经拧了拧兼且一声不吭

只是

让自己站到烟囱之上连带眼睛也离天更近

黄云已不太整齐地沿着没落的一边排列

地震亦似乎已不再是那条不起眼的盲肠

复仇女神已把恐龙送去永恒连带接载新的乘客

尽管好好地作欣赏状

你们站立的姿势已说明你们将会配合站立的无奈
在空虚最后被轮回成新一轮的空气之时
温室的花
也开始明白一切都会有效应
东半球的鱼头再也无法呼吸只是一张一合
西半球的鸟头再也无法飞翔只是一拐一拐
一只手包着另一只手原来还是无法拥有所有的星球
星球
早已超过暴风的载重
一个、两个、三个……还有第四个
怕是掉了轨迹吧！
缺了半边的灵魂应该是有一半灵验还是没有？
哗！超新星、哗！白矮星、哗！乜原来咁远，关我 × 事
在挤迫的街头
女士有蕾丝性感内衣做防卫、男士亦有西装革履包裹
没有人再有兴趣去按天堂的门铃
你们全都应该知道先知将会引爆全宇宙中的所有星球
希望落空只是某种情绪的提前出现
20××，西方将有曙光
有人说是新时代的降临、有人说是祈祷的结果
耀眼，其中必有理由，但那个他不说，亦只有
承受着爆炸的敲打
过后
一切都进入黑洞
屈指一算
连带地狱亦难逃一劫
如是……如是……

平淡

沉重
不沉重
到底
谁沉重
入山的那位
你不觉得
这就是臭皮囊的重量吗
放下虚伪面具
挂在空气上
发现
再找不到自己那副脸
适合意志
但极可能种出另一种悲哀

空虚
是
一双手同时行凶
没有余地

是

心灵呼号？

没有人怀疑

黑夜

缩短了绵长

白昼

将月亮咬碎做零食

爽脆

只是抒情更难有指向

常在枯雨的电视里

影碟

播放一列又一列

无规则的数码

一二三四五

只为遮人耳目

一路的数下去

时光在重组失落片段

烟蒂在计算失落速度

停顿开启

又停顿又开启

冰冷无分东南西北

而只见

墙角已长出花朵没有影子

躺下
操着同一句说话
必须要查上一次字典
噢
一个冰冷春天原来是一首冷艳抒情歌
直视平空的一切
努力替寂寞打工

胸膛溅血
遗失
一颗跃动的心
必须报警或召救护
救人要紧
但
药物
早已
医治不了
　　死去的灵魂
哈利路亚

尝那时间苦楚
低声在站着歌唱
同样令
伤口
溃疡
静看光与影

追逐

赤足在夜风中奔驰

绊倒是唯一后果

幸好还有灯下蛾在相伴

凝望

是清晨的曙光

戴上面具

做回虚假的我

诗雨秋

站在诗的季节里
为你送上
眉心那颗朱砂痣
黯然的雨
雨尖与发尖触碰处
最易
涌泛一种思的寂寞
多好
多繁密的雨片
如刀
难怪这是个零落而没有尾巴的
　　　　　　秋天
怀旧老椅最有味道
我拾起那印象派雨伞在风中团转
散开的
圈圈
涟漪

让我拥有

最平凡的秋的诗行

以及

最不平凡的秋的性感

邻居

眼光就这从另一眼球过去

在轮廓中由零点三秒的熟识走向陌生

我想我们彼此并没有太多机会

让那平行线挨得更近

电视在高喊:“社区睦邻”

我想这也是对的

于是

我用那串沉重的钥匙

匆匆碰撞出一片急速问好

眠

捕一片晚风
葬于小海心脏
看明月浪荡
星悄然消逝
是你吗？在黑夜更黑时分
是你吗？在稀雨更稀顷刻
你不答话
我也明白
明白什么？
明白瓣瓣梨花飘落时

名诗解读

······

······
························
············
···
···

························
························
························

···
·····················
···
·········
·········
······

专家点评：此诗宏观与微观兼具，既有发展规律的历史论，又有杰出的唯物主义重点表现……能以简明、适切、实用的新诗文学特色入诗，实为大专院校最佳之现代文学课程教材……尤其是第二段落与第三段落的交织碰撞，既有传统又有创新，充份体现到古典与现代诗学能彼此共通的特性……最需要批评的是从第二段开始有着不符合现实的宣扬悲观、颓废情绪，特别是诗人从病态或变态的人类情感中以死亡、恐怖为主题去寻求创作灵感，尤值得……从某种意义上说，此诗是朦胧诗的经典，是个人主义对文化单一与平均化现象的反思……从美产生感情让观念升华的终极欢乐……其主题是探讨作为一个被社会吞噬下的诗人如何利用吊诡的爱情来获得自身的平衡，像极当年之鲁迅那……虽然此诗有相信先验主体存在的倾向，但第一段第二句及第五句中具有玩弄语言的文化语码与成规谐拟、并揉合戏仿拼贴的混杂使用，可列入后现代主义的中性平衡作品……这里有浓厚的古代封建帝王厚黑心理基因的存在……

经过专家们的二度创作后，此诗终于在亿兆作品中脱颖而出，直至永远，而诗人们亦开始思考如何大规模地开展二度创作……

思

在垂直降下的黄昏
雨湿漉了情感
伞下走去很多人但依然密集
这是否意味着需要抉择
到底应该忍受孤独气氛还是繁杂空虚
像这个影
不张口
就是净享受不选择的愉悦
赤身裸体的
等了许多年
就成为许多黑色的邂逅
迟来季节
总教人想得焦急
越相越远
越远越虚
从来
就不曾察觉
风是这么柔弱
只能吹倒横卧的街灯
不打紧，不打紧——只是实在太黑暗

童年照相

想拍照
于是
拉来了害羞童年
守候跫音
只因相信逝者不曾死去
在公园前，1988 年的
　　　　　12 月很长
小城自北国蹑足而来，有点冷
我温了酒，套上白衬衫再把衣领翻上
继续守候
门外
雪花已盛开
然后在空秋千下抖落那堆最后温热的意象
咔嚓
在杯底下
原来不同年龄的姿势早在那里
嗷嗷待哺
最后
随着冰珠等待
融化

我爱着那些我不认识的人

我
虔诚地爱着那些我一生都不会认识的人
在没有任何瓜葛下
他们表现了善良、和蔼、睿智、沉实、美好……
在他们身上我确实嗅出一种
人类独有的爱的味道

眼

——致莎莎

在你眼波延放的一瞬
像匕首
刺入眼球
流出辛辣的矜持
于是
我承受着重伤用我们熟知的手法
记下
那黑珍珠的暗示

答案并不是你们所能预料的

感谢

________ 和 ________

共有多少 ________

贼头贼脑 ________

死 ________ 只会令人对不可预测更施施然

活着 ________ 隐疾，没有代号

无意，当然还是属于有意的 ________

相守在一起是一张新型的复杂地图，能 ________ ？

二十种公仔面有二十种味觉

我摸到的血脉 ________ 主题但也不是题外话

哎呀，乳牛为什么不是乳色？

这里的他只肯承认生活是一种 ________ 的无理加固

而非出发点的无限 ________

所以我们都应该好好地在 ________ 中等待被消费

漫长的等，直至假肢、假眼、假口、假鼻、假耳都不觉得疼痛，再变为 ________ 的冲动

起码还能有好几种不切实际的 ________

以及 ________ 可笑

关键词：一种　填满　食物链　写诗　浓雾在第二次耻辱
笨拙　的一半尾巴　扩大　命名　从不出现
敏感如我　交集　并不是　现实性　幻想

是的，我就这样回答你

你是狗吗？

是的。

你是一只只会走直线的狗吗？

是的。

你是一只只会应声而又只会走直线的狗吗？

是的。

你是一只只会忠心地应声而又只会走直线的狗吗？

是的。

你是一只只会忠心地应声而又只会走直线的主人的狗吗？

是的。

只有是的，我才感觉到我在某程度上存在的必要。

某月某日出席某场讲座

人潮早已汹涌
口沫横飞地在讨论生活的秘密
过度的饥饿使我忘记了饥饿
我大概想诅咒你
但理智上
我还是会用景仰的心情来诅咒
毕竟你们亦是自称的生活权威

一只抛锚的猫
没有了根的柳树
三百磅的肥婆在跳探戈
数列的公式是……
大鼻子会走路
蜈蚣有几对脚，大概？？？
脑袋弥留似的
十分适合培养幻觉
昏昏昏昏昏
再加上米黄的会议指南

ZZZZZ……

最好还是用支铅笔丈量出

死后坟墓的

　　尺寸

冷气好冻

汽水好淡

麦克风回音好大

多么希望现在可以出现一个拿着开山刀的人

疯狂地扑过去

乱挥乱砍

将一切吞灭

让会场怒放瓣瓣血花

哈哈哈……

然后

什么事也没有发生

这是掌声告诉我的

记某次意外事件

雷鸣电闪

突

　　破

失控的夜色

就是这样在平凡中显露不平静

而我们

还没有醒觉

所有平衡张力

已在

两列道不同的轨迹

终于也排除艰险走在一起

乘客不认识却又认识对方

起码

他们都同时应着在稳定发展中开得更快更远

追

追赶

追追赶赶

追赶追赶……

一如孩童的“捉鬼”游戏……

嘻嘻哈哈

直至

在欢快中赶上死神的脚步

再没有

逃避的理由

我们一部分人的确已富起来

但一部分人的确也先死起来

没有人知道现实到底有多冷

但

黑夜远比不上现实的黑

在土堆中有蚯蚓有需要翻动

翻动难免不成和谐成了现今生存逻辑

直至拂晓

我们想着

那路应该总有一天要如巴别塔一样高筑到万仞天空

但愿上帝再降一次惩罚

以免打扰天国的真正和谐

唯亡者知道

现在开往天国的列车应乘着寓言开到更远

有人说：呸，这不过是个童话

你不信？

你真的不信？

反正

我是信了

唠

虚无愤怒即使再临水照花亦不能再令我满足于蟑螂想飞的
认识高度起码我亦应该努力靠向一只老鼠所能攀登的高峰
于是便向怒海发誓尝试应征去当书海佣兵若能被编入跳伞
队降落于符号之中会更好只是近视很深但检查官认为最适
合前往前线明天真的要去吗在敌退我进敌进我退的根据程
序表格而行没有违规但卸下情感却需每天随垃圾倾倒一次
于历史所谓出现过的长河之中否则会满泻溢出于口只是河
会因结冰或人为或其他原因而做不自觉断流网住了的海市
蜃楼在此无奈之时总会叼支烟享受日落后被释放的薄荷味
枪支围火而烧星在火中轮回人不能发情而被迫肆意地吠得
发疯有人看见天正下着弹壳雨是否意味着天空也开始解禁
并同时容许灵感一词的重复出现而不再需要开天窗抗议黄
土淫着火药也令人不知如何是好此刻寂静没有诞生于受精
的冲动动作只有两个眼袋发生妊娠反应不知父亲是谁放眼
地球是完全平坦得再没有墙所以没有妓女的室能让嫖处于
隐秘的安全高潮直至保险套市场被完全淘汰这种危险的夜
再晚一点连敌人也会一同睡着一个孤僻的我安全本能反映
是需要爱好别人所爱好的即使肛交亦如是逐渐止息于镜前
浸到透明空间断断续续追问至忽然勃起
射出的不是精而是魂

工人在城

城市有城市的发展方向
我们亦有我们思考的方向
但为何身子总要跟着城市弯成扭曲的 S 型?
S 型的思考啊?
医生报告说这是正常的因为人类肠道本身就是 S 型（不是用脑思考的吗？），这可是最符合人体工学的。
请保持坐姿
注意，请保持坐姿
所以我只有疑惑地把自己坐成荒岛
没有窗没有云
一个玉皇大帝也不会（或不喜）发现的荒岛
在地图中是点
在直线上是点
在平面内是点
所以在生活中也只好是个不起眼的点
点无法扩展总连带着黑色压抑无法得到稀释
以至最后我糊涂得将一切联想到城上
谁?

谁为我思考？

我同意了吗？

是你？还是你？

不是我为你思考？

你确定？

隆……隆……沙……沙……沙

最终一切都沉坠

谁想毁灭证据？

是我自己？

医生报告说这是一种正常不过的反应

怎么那么不爽

难道不爽也是正常

我

迷惘

主日休息啊你在哪里？

你不是已为子民创造了休息日吗？

对不起我忘记了我不是天国的子民，所以所有的休息都是标了价的。

千万条路载着千万个收工的人

他们都找到罗马的方向

但为何我记不起其中有我一个

今夜星光应该灿烂

但在只有孖精的月光下

夜没有乡音更越发冷感

离家的风又不能哭

所以连单纯的喝都开始变得很累人
随着隔离四嫂操作刀与砧板的对抗开始
这时
关节也跟着发出螺丝的痛
但一切都安好
起码
暂时我不再需要把肉体租给城市
只是薪水却跟着流亡
眼前是盏菜油灯
妈咪面
在半熟热气中有点紊乱的象征
光
是跳跃已超过所有忧愁的边界
鼻孔
在被割剩的一片方角下只能嗅到水渠的污水喷向
耳鸣
现时只能收到危险的讯号
口中的咳嗽伸成那荒凉的山谷回音
一条脊骨早已驼成一个不会发问的问号
摸摸那露乳广告霓虹
一排又一排遥不可及绮梦就散落在这深夜落幕后的剧场
被反锁走不出去
冲进来是辆垃圾车
运回一盘过去街景
手跟着指尖发烫
这是我主观意志的极限

像极又盲又饿的一只狼依然死盯着围栏
六合彩，想起台头那张六合彩多么的伟大
它远得比什么都近
但说起改变命运绝对比法律更在行
中吧中吧
让断裂的现实得到梦的衔接

明天继续
继续在心血滴尽后
被老板吹成那千孔陶笛
忍过去吧
一件被编了号的工具
虽然要被吹得“啤啤”作响
但可幸的是永远不会被吹胀

新闻传来好消息：我们城市发展又翻倍了，人工也上去一成了，最好不过的是通胀也升了两倍。学者分析结论我们已快速地超越周边城市

在高速公路上车轪总认不出车子
何况是坐在车内的主人
学者最善意的分析为我们打下美好的明天

浓茶

浮光
掠金
自徽州留下的一桶浓墨
绘出
那半匹雄雁掀起的半点涟漪

诗人

以生活重锤不停敲打自己

使坚强意志

流出鲜红的血液注入笔锋

有泪

但咸味已令到世间所有魑魅魍魉

失去

应有的重量

为李鸿章招魂

甲午惨败

舰队丢失

洋务纸糊

辛丑屈辱

“文官不爱钱，武官不惜死”——一个自前朝传开的桃花源

由你明白到马关条约的不平等

我在文字笔记间已感到世事艰难

这里谁不晓得有钱就能盖大楼的道理呗

但你却偏得罪了财主

洋务是一只有牙的纸糊老虎

科技又不能把道德装成弹药射在敌人的心头让恶魔忏悔起来

逃避或许是个法子如果能逃过落人口实的追击

躲在港内故然并非值得颂扬

但总比往后用粪尿迷信会斗赢人家强得多

仙姑降世、皇母显灵、关公杀贼

在跺脚的招魂中

谎话早已被铸成铜像伫立在你我的心中
“伪诏、伪诏”啊！
一种比自由、公义来得有智慧的呐喊
道出那份冒着杀头的“东南互保”的伟大

你说：一个时代的人只可做一个时代的事
我说：你已站在时代的顶峰
（纵然年龄已无法令你去到另一个山峰）

残局，即是残局总令人有一拨而逃的念头
在等待枯萎的棋子中
昔日阿扁扁靠某玩意儿换回个跛脚总统，人们亦已大叫划算
但商人总有商人的能耐
让一枪之苦就踏实地换来那一万万两和广袤地域的甘甜
纵然些许赌仔会埋怨赚头太少
（毕竟只是赔少些）
我们亦可大呼没有了百万而必须抱着不要活命面包的尊严
实在无法理解辛丑年那份屈辱如何让一个活人咽下去
每人一两……
原来名字的笔画也可以这么沉重
但是我可是慈禧
所以我绝对能感受那份免去杀头的温柔

“秋风宝剑孤臣泪，落日旌旗大将坛”
模糊的身影流露出避雷针的悲哀
在梦中——

时间：1958 年

地点：安徽合肥东乡夏小影

事件：被冠以汉奸卖国贼穿着黄马褂的你连同夫人被绳子拴着游街，直至尸骨散尽

我开始试着思考谁才是干着出售国家的买卖

后记："不学无术，不敢破格，是其短也；不避辛劳，不畏谤言，是其长也……我不能说李鸿章不是英雄，纵然他是时势所造的英雄，不是造时势的英雄……吾敬李鸿章之才，吾惜李鸿章之识，吾悲李鸿章之遇。"——《李鸿章——中国近四十年大事记》

我渴望的退化

无理指控
疯狂追问
阴险陷阱
我
总怀疑 / 幻想是
在
我周围
特别多

对信得过的人
我会说得特别少
对不信任的人
我会说得特别多
尤其是废话
在越加躁动的年代
我无法
再抱着那些伤痕读本然后哭哭啼啼
亦无法

在所谓的 80 年代找到属于虚幻的价值

现在

我

只担心在退化中的话语本能

消失得不够彻底

像尾龙骨一样在我的包肉深处

酥酥痒痒

误会了逻辑

母鸡会下蛋是逻辑
由窗台外跳会坠下是逻辑
任何生命只有唯一的一个是逻辑

但当公鸡也会下蛋
我在太空站的窗台跳下会浮起
多利羊（复制羊）向我咩咩叫的时候

我怀着恐惧
担心有一天
我一个男人也必须跟另一个男人结婚
由无性转为有性
由无爱转为有爱

小城诗人

既换不了财富又不能改良世界
甚至无法接触到任何喝彩声
　　　　　　　　　安哥声
　　　　　　　　　咒骂声
诗稿唯一能感受到的是煲底的温度
　以及
　　折成纸机后飞翔的弧度

那到底怎样才可成为一个合资格的小城诗人？
前辈们说：“一字既之曰‘小’”
小？何如？
小到任何人都感觉不到你的存在
包括你自己

写在无理之前

——不要说你看不惯真理，真理的定义就是让人看惯后然后看不惯，直至轮回成一种重复的逻辑

由上帝的圆规随意定下的一点
想不到会惹来横祸
就是为了这中心
我们便失去了自己的中心
一种哥白尼式的悲哀
促使我们没法理解先知
亦无法体会知悉真理带来的焦痛

让扭曲
还是继续地扭曲的好
谁不知少数服从多数的道理
可是少数呢？
我们忠实地保证了大量蠢材
（心中窃喜……毕竟我也是“stupid”）
可是天才呢？

你何必管那么多

即使先进如外国也不能保障

地球运行的

速度

但

总比我们那传统的专制皇朝要强

我们在黄昏中

红着脸

说着一个连普通不过的人（决不是天才）也保障不了的传说

老人家说：“莫要光大门楣”

在误解、责骂、封闭的风雨声中

历史上曾出现了一场毫不起眼的争吵

由此

　令我

忆起了郭嵩焘[1] 那斯的斑斑罪状

---

① 郭嵩焘，清代第一任驻英法公使．在任期间被副手告发他有三大罪状：“一为游炮台时居然穿了外国人的衣服；二为见外国国王居然站起来；三为听音乐会居然拿节目单。”

月夜落叶

——赠竹旻晅

秋

抓一把黄色混和了空间

通透的蝉翼纷纷落下

相视

红了眼

相知

全凭风

相拥

只是简单的一吻

在皎洁的月色牵引下

订下来生的情结

缪斯的狂想

——致竹旻晅

一、竹旻晅

态浓意远淑且真
肌理细腻骨肉匀
当城市和自己都这样躁动不安的时候，放眼远望
世界就是一尚未完工的人造河
乏味再加上旅渡无船
你在那头
我在这头
弄错了
我应该也在那头，我想……

二、路

苍蝇走的是左顾右盼的曲
豪贾名士走的是昂首挺胸的直
风走的是不可预测的美

或许

我走的只是那重复又重复的圆

直至在你那无名指上走出

重复又重复的

轨迹

三、誓言

在树上结好的甜浆果

成熟

即使是撞向最冷坚的地壳头皮上

深情依然会尽力流满一地

尽力被你视线拾去

四、爱情

永远以最美的

在马路上，同时也在过马路的人群里

在汽车上，放眼的千山之外亦然

在中银前，在那点钞的玉手后，包括“先生想存几多钱？”

在老麦里，包括为开心乐园餐排队的人龙

……

总之

在我最没有提防的空隙处下手

偷偷地在偷

偷

一如被忽视的“小心财物”告示
以及那间最终被洗劫一空的房子

五、雨季未来

在烈日下
我用那双曾捧雨的手捧着比烈日更热的爱情四处卖笑
无人理会
有人道：“这人准是疯的。”
我想这是对的，但最主要的原因还是雨季未来

我们大概被占领了

没有冲锋枪

没有原子弹

但却最快地侵入我们神圣的领地

五步一哨

十步一岗

电视台 A 说:“我们的国防措施实在无法防御，人家有完美的作战策略”

电视台 B 说:“我们应该好好地迎接新主子的来临”

只剩下

我们这些手无缚鸡之力的文人

用叫骂

战至最后一刻

直至再无力

说出当年美军向日儿童派朱古力的故事

虽然我们没有流血

但我们的心灵绝对已经流亡

据说占领区内已成为战国时代

包括:“中原地产、美联物业、OK、7-11……”

我写诗的缺陷

我又看到那无端落下的云
雨湿的大道无奈地承受着它
我在衣袖中翻弄
那娇柔的月亮
然后
在吐纳中掀起一道七色的彩虹
现在再没有了清冷溪水
实难吟成一首绝句
再加上那清风拂过的皂泡
在野渡无人的山野中凌波而来
我……

我呸
这一概是我脑内没有经历过的事
我为什么没有熟悉那黝黑的煤炭工？
我为什么没有熟悉那走后门入学的辛秘？
我为什么没有熟悉那夜风中拾荒的可怜人？
我为什么没有熟悉祈福党背后的故事？

我为什么没有熟悉环境污染的乾坤？

我为什么没有熟悉第三世界死亡率攀升的理由？

我为什么没有熟悉自由、平等与博爱？

甚至我为什么没有熟悉今天的米价？

我究竟为什么没有熟悉那针刺肥皂泡后黑暗的真实？

正如我熟悉那回家的路和那行短促的楼梯

为什么？

？？？

尤其在一些云、雨、彩虹、月亮、溪水、绝句的背后

我就是要问

生命偶想

生命的本质原是套喜剧
只是其中的乐趣实在少得可怜

这话，仔细想想
倒也不是全属于无稽之谈
只是，如今看来实在有点儿
“土”

请相信我
我真的会比忘记更快忘记
思想绝对没有了我的思想

这就难怪
会有汽车开到两百米车，撞到人而不知道
这亦难怪
会有月入四千的人可以豪赌百万
这亦难怪
上帝治下的世界会出现抑郁症杀人事件

大家千万别恐慌
千万别把由甲看成恐龙
因为这里没有恐龙
也不要将水洼当成漩涡
因为从来没有漩涡这玩意儿

这都是我个人的偷偷的幻想
偷偷的自娱
偷偷的去摸摸
摸！摸！摸！摸！

就在那视线永不触到的死角中
有
那套喜剧
的
本质

卖笑的女孩

我曾听过卖花的女孩
我亦曾听过卖火柴的女孩
就是没有听过卖笑的女孩

因为诗人们都没有为她们写下不朽的诗篇
况且她们更没有可以写下的童话故事供爱幻想的读者追读
只有坊间的一些零星传说——
某年的拱北莲花路

虽没有佛祖的步步生花
却有着出淤泥而不染的味道
没有倚着墙角叼烟的老练
只有出卖青春的进取

她们在月灯下都会有一句固定的开场白和手势
——“带我去嘛”
然后仿似洪门的秘密仪式手套着你的手，头枕着你的肩
害怕走出宾馆范围后的迷途

用最甜蜜的温柔促销那二百文的廉价服务
再和小费打造一场烂片中的虚情假意
尽管还有点痛
但
无论
全套
半套
抑或
变态
只要你能做没有界限的想象
和有着红色的毛主席头像
（澳门币、港币照收，但要补水）
我都会像只恭顺的小猫

褪去外衣
褪去胸罩
褪去短裙
但总褪不去铁面笑容
十六年岁的姑娘
oh……不，十八的成年姑娘

只有咿咿呀呀……的仿如学语，更似背诵
然后匆忙完成那套惯常动作
再换上来时的衣服
在掌中塞张电话便条
用那炫目的一串数字

好让

那个一夕的 honey

再次光临

补粉的同时亦要补好心事

头痛只为洛阳城的纸贵

（弟妹的读书出头）

锄禾日当午的辛悲

（父母种田养家）

忘记

纵使相逢应不识

下次我们见面时亦绝不会认识

（除了钱和肉体的记认外）

寒夜

心忧多衣促使价格下调的负累

我愿扭着迷你裙，束紧尚未成熟的胸脯

将自己点成一支小小的火柴

燃起那个

不知明

麻甩佬的

欲望

谋杀案件

谋杀案件一

有时候电话筒里会躲着个妩媚女子
她在那头
会用电线吸吮你的心事
那时你那挤出的形体将会
更加暧昧
直至流成伤口
失去认同，失去回忆
最后只剩下那张鲜活人皮
变为成人童话里的一面镜子
与真理对峙

谋杀案件二

发与发之间
早就存在一种对立
使我丧失对肌肤的警惕

我从你眼睛来

却

被时间扭伤了足踝

一拐一拐的拐进肚脐

我软弱的语言如何忍受被谋杀前的沉默

一切忍耐都惧怕死的恣意散开

在空虚的教唆下

我装成滴滴未干的衣物

死在

窗前

谋杀案件三

即使有嘴也不方便说话

即使有两只眼也不方便把你看成两个

上半身是僧，下半身是道

把死亡圈成一圈树

是哲学的游戏

也许这就是我从不走路的原因

因为在地狱的路上

我总被推得最前

谋杀案件四

额上有皱纹，五尺四吋高，一顶圆形冷帽和胶底拖鞋

野渡无人的灵感，天地悠悠的寂寞，连理成枝的幻想

死亡时间：美丽寡妇上的一朵残红

死亡地点：为弄脏的梦服刑的纸张

死亡原因：历经真理的变态的劫难

尸体解剖：一切都要来得柔软，只有那酒窝的笑容处处显露它永不妥协的轮廓

我有远视

我从来就相信自己的视力有六千
能够看到远山白桦树上正在飘落的败叶之尖
　　看到赵州桥上石狮埋怨的一千种复杂情感而纹丝不动
　　看到庄子被挣脱生锈铁链而心力交瘁的那一瞬
　　看到伊拉克有没有大杀伤力武器
　　看到金融风暴借出的一匹重伤瘦马
甚至是佛祖手上威震八方的法器的瑕疵
　　菩提向世人借出那棵树的交错纠缠
　　史书留名的排位坐次
　　世界跟灵魂对骂的速度
原来
我就是看不见自己
　　思想爆裂后的一条神经
　　血水和泪水勾成的影
　　子，以及其他可能的负指向的一切杂质
我更惊讶，我可以继续看不清
原来还包括在皮肤底下那一群不知名的蛀虫

杂牌

一

当文章进入了评量的现代科学模式
选拔机制自会把大部分优质的作品嚓下
然后
我们也跟着心里明白地欢呼起来

二

我相信诗歌
正如我相信笨蛋一样
笨蛋进来一个又一个
像轮班一样
偶有一两个经诊断后
并不是笨蛋坯子的
倒是值得研究的神经病
他们会怒视
　　　　　会哭泣

会祈求
会捧着泥土跟四周围观的人群说：你尝尝，味道不错。

三

股市可升否？
知否知否，应是红肥绿瘦
李清照也跟着一同摇起头来
慢慢教他们背诵巴菲特法则

四

你喜欢轻轻地招手
我却Like重重地道别
你不曾留下半句自白
我却写下万篇文章
并利用了口、月、星、云、雪、雨、落霞、长河等一众道具
太多
浪费资源之余，兼且涉嫌盗版
根据法律
应该受到诗人的检控
（除了环保团体宣称会为我辩解以外）

五

享受自身涌出的快感

眼却生了老茧
一个和尚即使不在黑暗中
也是一个轮廓不明的胴体
而在佛祖心中亦只是一种自上而下的传销形式

六

真相是不需要解答的
这是一个建筑学上的问题
……
（为什么？不明白）
真相是不需要解答的
这是一个建筑学上的问题
这同时亦是文学家们的逻辑

七

年轻时尾龙骨告诉我自己只是一个不起眼的“！”
年老时尾龙骨告诉我自己只是一个不起眼的“？”
也好，终于轮到我发问了——

八

重生、救赎、赎罪
这是西方人解决原罪的模式
为了跟上时代的潮流，我们也积极发展一套

烟酒、女人、金钱为主体的原罪模式
验证他们的解决模式是否适用

九

思想的诞生
其最终目的是在于希望自身以后也不需要再用力去思想
至于进步、以及其他更崇高的理由
正如广告一样
信则有，不信则无

十

当飞机载着化学粉在天上猛撒时
我再不知道
该如何称呼这些“自然”的雨

十一

真理永远没有错
所以作为人的我们永远也无法接触真理

十二

牛根、牛骨、牛腩、牛肚、牛鞭、牛蹄甲、牛唇、牛欢喜、牛包皮、牛眼眶骨……

食家：美哉！

管理者：人民的省吃俭用是对地球环境的承担

教育工作者：这绝对是多元智能的楷模示范

民俗学者：可见本国的民俗风情的变化多端，以及源远流长

文学家：解构主义现象我国自古有之，并以最具体的非
　　　　理论化形式得到实践

牛：总有一天我也会解构你们这一帮孙子

十三

溺水、跳楼、火烧三种死法

我最喜欢溺水

全因当年诗人试过，尤其导游书介绍以月为伴将令死

更显风味

名牌，谁不喜欢？

酷

十四

打开抽屉

内里有个达尔文在进化

速度很慢很慢

却像石头一样很坚硬

有人猜测它是千年古生物化石

有人猜测它是极品精石

有人说这不过是乌龟
甚至是王八

十五

喃呒、喃呒……
这是伟大的中国文化的后代、后代、后代……之后的后代

十六

“这个面包很有面包味、这条鱼很有鱼味、这碟菜很有菜味”蔡澜如是说
原来现在我才知道，这
跟童年那条滑手的鳝鱼无异
……
“哗，呢篇诗真有诗味”

人在城中

在城
不会下雪
所以我们没法看见雪光
即使是最柔和的光亦会将我们灼伤
惯于缺乏光线的存活
我们节制着一切警觉杀入心扉
打牌
上网
召妓
或者
弹着风
咏着雨
花朵朵
叶片片
所有人
在搜寻铜臭中仅余的一点残骸
好让
我们赤裸裸地享受无知带来的快感

而后

直教人生死相许

夜里梦见

半截太阳

在抚摸着木制的神像

情欲都飙了过去

这时

到底

该不该

按照指示

翘臀弯腰

把幸福供在坛上？

世遗风景

妈阁庙

我
习惯于拿大地图来寻找微小灰尘
所以自然亦会较一般人容易迷失
而
一步步又一吋一吋
挪近那五百年开花的传说
发现历史上所谓天涯
其实不过是字典上的咫尺

我站在最是颠簸的洋船石上
听到船头有着 You jump I jump 的铁达尼汽笛
前方缺雾
又缺日
又又缺海
又又又缺庙
仿如四大皆缺

而没有缺的只有一只——瘦弱倔驴
行行重行行
正在辩识
读法到底是“妈”？还是“马”？
眼见这么艰涩的难题
谁又会忍心说穿？
这不过是一个福建妈妈的童话

喂，阿生，让开D，唔好阻住镜头。
阿生，路是俾人行的，唔系俾人企架。
阿生之后又有阿生
我想入面的神像最难忍受的
就是这种“R”不到尾龙骨里酥酥的痒痒
啊！神山第一殿的门口啊！为何已经好痕
还要让我碰见那一组蓄意的轮回啊！
一个踏浪而来的葡人询问
还是请个根正苗红的历史系姑娘再做一个羞答答的回答
这是澳门
既不是你妈
又不是你祖

亚婆井前地

（一）无言工作篇

银丝占领了头盖大半部
使我记起了白发三千丈的诗句

我知道你实在没有俯下身

但背脊却早已驼成桥的弧度供人践踏

在骨子中不知何时会逸出了清脆的老人“除”

咚咚，又再作响

然而你依旧习惯无言地

花钱　凿山　引水

最后

令世人记起

一个阿婆

有一口井

和

你会做好呢份工

（二）并非诗人作的亚婆民谣篇

“喝了亚婆井水忘不掉澳门

要么在澳门成家

要么远别再重来”

（三）一个失去了亚婆的井的前地还可剩下什么？

传说在基督的宠召下

“基督城”的天空的全部颜色都会溺死在一口小小的井内

而四周只会剩下那一抹橙黄

像一段快被遗忘的尾巴

来证明颜色的曾经存在

我循着小径

蹑足而下
脚步印下轨迹
可将一行空间走得更辽阔

绘画的一人 / 看报的三人 / 打羽毛球的四人 / 捉迷藏的五人
然后
再写意地加上百年老榕和一道流水石墙
……努力地在经营刻划年轮的工作

而我依然习惯凝视没有繁杂的你
尤其是那一阵阵没有井后的
恍惚
在更遥更远的年代
其实我并未告示
你那份不甘孤独而又伸手可及的寂寞

趁着你如此的娴静
趁着……我还有剩下赤脚小孩的眼光
还能将你——
“阿”
“婆”
“井”
作直的结论
最后拆解成公式——
门牌之外还是门牌
泉水之外还是泉水

郑家大屋

时间：1881 年

地点：澳门龙头左巷 10 号荣禄第

事件：先荣禄公梦神人指一地曰："此处筑居最吉"

独语是一种非盛世权利
与一切解构与非解构无关
两座四合院乘以两进深三开间式
没有答案
只有那一段公式后的小注解
潦草过度
无人晓得
然而被盛世所围的文人
月起月沉中
如何用危言圆一个比盈月更盈的月
未发酵但在思索
曾经
在平衡板上的条约是如何的不平

远处一片苍茫
淡淡化开
的
只怕是梦也教人害怕
莲花衬着仙姑降世、大地震动配合皇母显灵

加上在跺跺脚中招一组组义和拳的冤魂

秋

一幅瘦金体

以及

千千万万滴不同性格的墨滴

写出

“究心政治、实业之学”

更，瘦

而在大屋最深最邃的角落

有一株建在琉璃瓦上的枯树

不堪吹拂

连你也不例外

港务局大楼

聆听

一阵落在力里长城、以及妈阁斜街上的悄然絮语

除了印象

一切都是有着朦胧意识流的遥远

的确是没有翅膀

斜阳下才好飞入一只阿拉伯式蝴蝶

凝望那沾湿的哥特式大麻砖石

由圆型的眼镜看方正的相机 mon

快门

攫下

钉死

“几正的”还是这穆斯林穹顶

合上眼

雾中的一角风景

和

另一角风景

美

更是那种惹人可怜的美

所以谁都不能拒绝

品味由空气流过五指后遗下的那樽1874年红酒

让心情顿时成为一种慢慢等待冲动的爱

发红，然后吐出一条狭长水道

让虚线不期而遇

又淡淡分离

从此

这里失却了葡歌的彼岸

平面成为历史

立体也就是艺术

没有／时间

更没有指针

只有

摩尔人一程

水师又一程的

没有回头的追赶游戏

圣老楞佐教堂

其线条

赤裸地

傲然而立

无非只有一个

冷

字

干预了我的一切视线和生活

尤其是

头皮上的毛孔最容易窜入情感

大概会是圣老楞佐式的吧！

（希望不会像你当年那样被烤个半生熟）

钟声已残

只有洁白的满园

纯粹得很纯粹

而日已过午

刚下过的一场阳光

透过

小小的彩色玻璃窗

为你运来最好的“风调雨顺”

咳！咳！咳出一首最柔和颂歌

你说最好把耳贴近教堂一则那一道似断非断的矮垣

十年

百年

千年

听一听

每步从前世到今生的足音

居住在圣经扉页

乍然

一阵过风

不经意地掀开一份由铅字而来的原罪

我

正为蚊子带来的寂静

忏悔

圣若瑟修院大楼及圣堂

（一）人物“圣”诠释

对岸的人有“耳”在听，这岸的人有“口”在说，而在“任”意时间的跨度上有一个“人”来到远东土地

路总有风尘

却使一个沙勿略的童话故事

“圣”得

闪光

不曾下雪的地方的雪子最冻

在上川岛上涉水而来

现在小城只剩下那截手肱骨捧着圣典

在十字架的微弱阳光里

警惕我们赤裸裸地享受无知带来的快感

（二）那座建筑

嘘

还好

你差点就

错过了这份 1758 年落成的完美

既然远来是客

现在就容我介绍

历史走过这里的每片风景

未进入教堂首先迎向我们的是

五十四级花岗石阶梯温柔伏地……直至长出了季节

向上蔓延的只有这里的寂静

这是

之于昔日

“三巴仔”的亲人被火烧剩残余的体温时形成的另一种疏远

雕花木门后

窗灰与腰缠金叶的旋柱已同时生锈

在更大的祭坛下等待蜕皮

你们这些游客大可
扼着那由四个帆拱顶托起的罗马式穹苍的咽喉
尝试感悟那份曲折之深沉

我导赏这里的习惯是
将百年变成这边的一座铜像
将千年压缩成那边的一道基石
最后
以“堂”的姿势翻译成各种语言
再有不明
可用第三频道——即诗的频道
去固定这种时值暮暮的内涵

蓦然
钟塔粼粼而来的一阵钟声
响起
我们才惊觉近看这美人真的很瘦
不忍，还是
瘦了一圈，又一圈……
最后仍祈请你那晶莹而白皙的
手指，以颤悸的针
为我们
在最后的东方丝绸上绣出一朵朵瑰丽的
天空
使所有无神论者都能
仰望到

神的存在

岗顶前地

普通的生命
只可被定性为一座城市化的现代废城
周围尽是金雕玉砌的幻梦
而在重重又重重的困围背后
最后
只会被遗下一种新型的开放性闭塞
而这里
三更下的磨盘山
有着一道道自古迹中旋出的线段
和
盛开自葡式石砖下的澳门温度
流过岗顶剧院、圣若瑟修院及圣堂、何东图书馆大楼和圣奥斯定教堂的氤风
汇成血液
锻造出有着精魂的文物浮世绘

在没有往昔的云
没有昨天的雨介入下
这里如一束方兴未艾的小草
虽然微小
但
总会令后世的人们

记起那
繁花似锦的颜色

岗顶剧院

只有这里的昏暗是跳动的
尤其是一排排未亮的舞台灯前
正上演
从九天之外吹来的柔黑月牙形哑剧
不会惊动千万楼火
只
间杂着零星的
百年来支离破碎的梦——

传说
这里自裙裾上形成的舞姿
会幻化成一个在东方最唯美的西方小资故事
在希腊古典复兴的世纪填满天空之时
从虎度门背后踏出的另一剔透新作
摇曳的台柱
一步
两步
三步
岗顶波楼？
马蛟戏院？
今天又是何个艺名？

无论如何

在葡式古老歌谣拍和下

风雨下的建筑已记下那一千年的一种表情

何东图书馆大楼

半夜的一场急雨

自背后袭来

让

我搁浅在这书海的大楼

无可奈何

只可与你喝上口名为“萍水相逢”的烈酒

好让胃里的寒冬温出太阳

一口

两口

三口

在花园的藤椅中血脉偾张，手心冒汗

揉一揉额上湿漉漉的意象

一足已走到盛唐

而双手亦横跨占据了大楼的四个尽头

醉意

最阑珊

敢吱呀的还是那木制楼梯

把萧瑟踢成个苍劲

后现代的莽撞作风虽容不下任何意义但竟可飞出只脱毛野鸟

而身旁多半由雨制成的风就在那挺立的古树上

回声洞洞

的确

离你越远我就愈看得清楚

整个地方都成了鸟瞰图

那一袭脱毛野鸟的青涩羽毛就掉在那套《何东传》上

这是官也夫人也见到的

圣奥斯定教堂

在还未认清

这到底是那种黄和那种白的时候

错愕中

你已快速地闯进我瞳孔内

一种西班牙的红烤味道灼烫了我

太有风味

以至

无法再辨认

自龙须庙飘下的一撮须

是否一撮属于救赎的宣言

乍然想起圣诗中的一句

默哑——

怎么又给静寂忘了

在最孤独中走成两行最齐整的啡色座椅

左方是庄严化了的圣人像

右方是罪恶化了的告解室

我站在中间
没有了圣坛
平和应该是三巡以前的事
现在只是中庸得有点厚黑
抬头进入
这里大概亦可看到中间是你遗下满腔辛酸的绘本
很酷
那正符合教堂顶的圆周比例
且看
最高处钟楼窗台上的一只山鸟亦无法飞得高过圆顶
何况小城？
明白的或许只有
那双倒下后不慎摸到你最白肌肤的小手
以及由这迸发出的一种名为“冰静”的味道

民政总署大楼

相信
这是唯一还活的
一整幢不知道寂寞为何物
天地悠悠
历数百载岁月
我们穿越时间的斜坡
来到
一线
世界的经纬

独自在青蓝瓷砖
特经许诺的心
仰首成忠诚的天主圣名之城
贾梅士、狄若翰相对
最不勇于
　　割舍
已经长满了虚静
此刻
长石板地如此温情地
交给热闹
图书馆内书已吊起自己纤长的身子
把知识延伸到每个还没有受到感染的角度
而这些没有打烊的知识
据说
还是为了等待历史的风干
议会内
过去
判断法则已立
并举向天空
百万条决定
激昂且几度有人用语言割伤真理
对此谁也会见怪不怪
但
在那一角
圣母却
耿耿于怀

兀自显灵
展现那不可思议的可能性

议事亭前地

我坚信不移
那不是广告
在轮辙步迹后
澳督检阅的军队已定格于历史
现在
回忆已显得太奢侈了
新马路，我们又再路过
倚在仁慈堂一旁
邮政局摇着钟声
两边全是锯齿状的曲线
鸟最终停不住脚
飞不出那道国庆牌楼在积极啄食我的睡意
以至我和风能彼此醒神地相遇
但
这风真的能
未通过议论便更新我的心情？
谁真的能驯良而听话
行人腋下夹着来不及展开的不景气细报
旅客则横伸那景气十足的旅游地图
来而又去
去而又来

继续这场无声又嘈杂的纯粹矛盾啊

我懂

我真的就懂

可是我真的就怕

什么时候

美士基打被拉走了呢?

他不是还作势拔剑地坚持他的主义?

结果还是

像窝藏的犯人被抽走一样

这天下午喷泉也被停水

或是恶意

或是被诗人偷偷留起来

等老的时候

煮酒

呷上一杯意淫一口

有的放歌

有的流泪

有的悔悟

无论如何

我不应该再沉醉了

因为这实在不能对世界有个更好的了解

整片区域

已经十之有七是商店

他在与经济交情围拥

其火热

连那只本土壁虎都被迫得惊吓逃逸

我闭眼
显得
　保守
显得
　拘谨
为了抵抗
一些什么？
根据某些人的说法，这唤作死亡
而我知道
我担心这城市还来不及

三街会馆

三街交汇
街灯与油灯对峙
凭你的直觉
踏尽的是生计仓惶之人
风起
帆张
一叶帆船顺风而来
货物起处，四周商铺都已渗透了
最后一泻满地
冉冉举起一个城市
然后
由戏院商会到景然栈，而一直到远来饼家
车轮在石板地上弹奏

强大的生命力之歌
但
会馆是庙没有暮鼓晨钟
　　　　　和应
望眼还必须通过历史
但心蕊却早已火红
1805年，遇着接种牛痘工作室之时
已溢出霜压风欺之状
而你的经历转了又转
现在
故国的公交车早已远去
轨迹无从窥视
只好
观察电单车的影子移动
相信已是
并肩难行
有关帝爷在此坐镇
来一顶礼
一切自可安心
但我仍心有不忍
加快脚步
向大街绝尘而去

仁慈堂大楼

这是一间庙，这是一间公证署，这是一间博物馆，这是一间关起来就成历史的建筑，颜色是苍白色的，倒证明这不单单是水泥的种，已不可考 18 世纪的工匠到底是用什么心情来把它完成，悲伤？欢快？是否能砌出那昔日悲苦蚁民的穷困潦倒一生？我无端地哀痛了一声，只知现在在这里有活的人，也有死的物，在死与活之间，正如贾尼路创立仁慈堂而没有大楼一样矛盾，然后，在这弄了又弄，在这绘了又绘，一如美丽的沙律拼盘，陈列在展览里，在玻璃柜的两岸，给后人仰视，给古人低吟，然后让真理作公证，让感觉流亡腹内，而已而已……

玫瑰堂

萧条四壁
整个下午
古钟
老是摇着
那首阳春白雪
远传到夕阳居处
是招安的暗示？
是温柔的俘虏？
还是？

还有那洁白圣像
长年做客异域
游客
花费一天去触摸他的衣角

但他依然

立着

像

整个城市的深沉

　　　都立在那里

只有圣经为之翻译

那边露台上

一位修士在祷告

念珠背后

的

5 月 13 日

圣母

正以温柔等待

为城市

　洗礼

大堂

醒来

一喷水池一十字架

还有

一座堂一公署

已伫在那里

对这明显的神的企图

我还有什么话好说

这原本的一个小秃顶岗

昔日的一颗小种子
在贾耐劳、华年达、嘉沙尔的滋养下
今日已蔓成
澳门宗教的
全部重量
哎吔，还有什么能写呢？还有什么能写呢？

卢家大屋

没有金
没有玉
金玉堂的故事
就在门前那一幅肖像开始
导赏员
用童话的手法
指点
我们穿越过去
由面相、人脉解构到家族盛衰
打呵欠的阳光
以及
大屋里那谧静凄美的构图正好为之脚注
完全反映出现代的系统性支离破碎
而在这家族背后
谈慈善好，谈建设好，谈荣誉好
当提起走私和博彩
恰巧那国王的新衣童话里跑出来的孩童赶上一句：

"卢九是怎么死的？"

头壳顶发麻

然后

疼痛得

大家都沉默了

有人更扬言离去

也好

两旁尽是小食店

叠叠搭搭的招牌已明确告之

能用食物一饱历史的饥饿

只是

在谈笑间

椅下遗有咖喱汁与竹签

与世遗相映成趣

蓦然

想起

还有个卢廉若公园呢

那里

也有人正排队等待穿越吗？

东望洋炮台、圣母雪地殿、东望洋灯塔

（一）东望洋炮台

指向就是要防御

防御就是要发展

发展就是要废弃

废弃后……

就可以揽旅游

噢

景点就是这样炼成的

而

不管有没有侵略性

（二）圣母雪地殿

十字架走进阳光

白底黄线的建筑

糅合了中国绘画技法和西方色彩

所以玛利亚、圣安东尼、狮子与牡丹才能并存

这里的传说

如此记载着

17 世纪那年头

群众在恐慌

圣母曾步出小堂外张开自己的斗篷来抵挡敌人的枪炮

但那身为守护神的圣约翰为何躲在殿内？

（沉睡于网罟了吧）

这里什么最值得我们留心呢？记住

故事

对，就是故事

一个大概只能发生在 17 世纪的故事

故事里头

男女多么的平等

单是这一点就足已被评入澳门八景、进入文化遗产的视野

（三）东望洋灯塔

人们常说
我是中国最古老的现代灯塔
那我到底是属于古老还是现代？

怎样也好
总之不属于现在
由 19 世纪某一天开始
我已开始吃下一堆黑暗
然后逐时逐时地吐出光丝
只是腹内时常纠结着黑夜的白昼
心情很复杂
你们都依赖我的指引
或避过险滩
或避过水龙
谁夸口这是我占领一个岛的举动
但你们应该知道
根据伦理学、遗传学
我终究也只是个缺失翅膀的天使
一个不逾分的孩子
只能原地旋转
星图承不起我
天堂也没有坐标
更遑论指引
没法被指引的我留在这里指引

流离亡失

所有市民都在寻找那

失踪了的

矛盾

大炮台

中午

搁浅

在无光的山坡遇见

炮火严待

问那黑铁："你是炮吗？"

听起来多令人感伤

我抚着你的身躯

静止无垢

但

我未曾遭逢兵荒马乱

故

所在意的不过是体温

冰冷

仿似黑血无声最后又结成一团

夜

梦了那强烈探照灯

遗失眼的人很多

葡萄牙的军旗曾在这里飘扬

防海盗？还是防清廷？

岁月虽然已为你借路
大概还是被戒严久了的缘故
已习惯挑衅
软软小小的黄叶一地
熟悉扫叶翁即使放下枪
也有军人的味道

大三巴牌坊

血阳
斜坠入
圣保禄山
仿似
那场天火又再次降临于天主之母教堂
念死者无为罪
鬼是诱人为恶
七翼龙就这样昂首长啸
还记得那夜有很多人在那场转换身份的庆典中睡去
承受不起是你的信仰
血水入石有石在听
但现在却这样平静
在这里
身体是个变慢的时钟
四壁浮雕只是艺术起点
考古人员已从这底下掘出大量古物
甚至那截人骨

但终归没有掘起
当年赖以寄情的韵味
而教堂，不再是教堂
被修改，被解释
最后
是牌坊，就是牌坊
是从中国人理解出发的牌坊
是无止尽的商机的澳门的代表
而现在我们连同游客却
惊讶于这种残的艺术

哪吒庙

瘟疫
就是这样子地横行
天空成为最好的葬场
我可用玻璃雕你的棺
但
遗憾教堂并未能太好地压本土的邪
而哪吒就这样无辜被选派过来
以后
特使
经过深湛的凝想
也乐得
背着中西文化和融共处之象征

入庙
梁柱随视线缓慢退去
灵动神像
隐约化开一道宗教神秘轮廓
香烟萦绕
烛光明灭依稀
加之天井独缺
膜拜时
已看不清哪吒在上如何圣示
但心愿已寄托在香上
要知道的终究会知道

踏出庙门
有飞鸟驻足庙顶
连同那塑雕一道被日光拉长起来

旧城墙遗址

沙泥、细石和蚝壳
断截的巨龙
再没有磨牙之音
就这样趴伏在山坡上
时间来得静局
路尘和黄土
传说与故事
都

已漫灭在剥落的躯体上

一切均难以辨认

花王堂

用砖木建堂向苍天祈祷

水刷石粉面显现在眼底

《澳门记略》记载:“凡蕃人男女相悦，诣神盟誓毕，僧为卜吉完聚，名曰花王庙。”

只是

模糊的，始终是那高耸的圣安多尼像

此外

能纳入历史的

还有那年

蓝天退去，风雨降临

黑幕逐渐拉下低覆海岸

一层层

　刀削的浪

一层层

　刀削的风

秋月血花

击船　击房　击人

击出绝句

贫穷

已令百姓没有点灯的理由

处处逃迹

故事随街巷四散
上天怜悯
以电闪引路
堂以火为号令退
黑夜终了

这天
1874 年 9 月 22 日
又无声地伸入
澳门节日
——天灾节

基督教坟场

执子之手
无法与你偕老
全因爱情
基督教、传教士、马礼逊、教堂、坟场
才连结成一线
成就
这人类最后的归宿
两旁开了一些花
结了一些果
令血赭红褪去
贪婪地看
像网

商人、东来拓殖的殖民主义者、鸦片战争中在华身亡的英国将领及基督教传教士

身陷尺寸缧绁

每人如此

不管背后曾有多少辉煌历史

喟叹

你永世拒绝发表

成为一种灿烂的旅游伤感

只有

墓碑

那最轻最薄的文字

在日影下显得最为干净纯洁

而

喧吵不停的

除乌鸦外

大概

只剩下我们一行

东方基金会会址

因为遗忘

所以地方已从葡国皇室贵族俾利喇流走

我看到你

只是偶然

在千万白鸽的呼叫下

跌宕到

现在急迫的旅程

你既然是个存在

我一直揣测着你的面部表情

驻华商务监督

大班住所

贾梅士博物馆

东方基金会会址

一座建筑到底能有多少过去？

最后

我开始明白

那是时间的距离

想乡

扭开一瓶家乡水
走出来的并非潘多拉而是啄木鸟
就是它用最迅速的姿势
逐颗啄下五千星子
令回忆耀眼而刺痛
就在那雾霭里
凤凰木已熊熊燃放
采茶女把歌声远扬
在田垄在阡陌
已经模糊
在一带翡翠的竹林里
有着从前的足迹
忽隐忽现
看来还没有全被时间遗弃
在这昂首成就了高攀的优越感
此刻
远处的心旗被炊烟吹起
在哗啦作响中

影亦随风翩翩而舞

关不住的门

总有

关不住的人情

所有人都摆有乡的姿势

多角的瓜田

在历书下

润如膏油

不计较收成地播种

是初春之约

青涩的爱意

是那笑斜了的飞鸟翅膀

　　　　　让我亲上一口

品品茶

吹吹笙

自然地驻足在流云之上

漫游一个梦

最后依着桂香把梦走完

而在变奏的江边

　　　载浮载沉

钟情如流

一首骊歌

一寸誓言

一轮落日磨洗记忆底片

却磨不掉那一串过早虫鸣
和那盘香炒腰花
我就这样枕在那浮声上
看月为谁而消瘦
柳枝为谁添字

我回来了，来了就不再回去
夜夜梦醒在忧郁之外
而此时瞳孔深处
却
早已下起了故乡的雨

杂感

一

走到边塞

风
铃落下
古刹顶
操古音的大叔
膜拜敲响五音
却
擦亮一个季节
我率先拥抱过去

二

享受着自身涌出的快感
上紧发条
一切崭新兴奋

此时
眼却生了老茧
在只剩下一条线的黑暗中，有些
轮廓不明的胴体
只是
一种自上而下的形式

三

秋带来了混杂北地口音
在生活流的一节
雨就是我
我就是风
沿街过去
等待你命名

四

当上帝和天使都宣告天堂失火
地狱便阴凉起来
在万物主怀内
星尘
变成胎儿
变成流星
流落在一刹那消失不见

五

晌午
杯盘狼藉
热腾腾的消化不良
令饱嗝来得更暧昧
牙签在齿缝间钻洞休息
我依稀感受到自己就是那只墙角小虫
有着死去的硬化
而碑如何？
也好
死是很僵的，故我想与碑等同
但它还是知道了什么叫灭亡
对了明白了
这就是顿悟？还是澄明？
我忽然咧嘴大笑
我不就正在灭亡吗？
佛错愕了
旁人为我这吊诡的滑稽感欢呼

六

黑色的
大肚的猫
怀着

最初的一段情话

　　　瑟缩哭泣

扣扳机

倒地

溅出

一地

梦的边界

七

我是筷子，无论如何展开，最终都是为了与你合拢

八

……

那夜遇到……

满头
花白
在风中黯然垂首
时间
已令自身
无法感觉到存在的重量
什么也没有
到底是什么
只有命运的选择？
选择了你亦只好嫁给黑夜
让梦有点别人的
　　　粉饰

那夜的星光闪闪
在幸福人眼中
很柔和很亲切
每道门口
都有要等待的人

只有被鄙夷视线重重捆绑的你
被摆成一种名叫“低下”的姿势
十指紧扣
捧着
那微微鼓起的肚腩
记起
今天的午饭
还没有
吃

附近的高楼太高
饭馆里的碰杯声太响亮
窗橱里的公仔太精致
而我们的距离
实在
太远
在你弯腰艰辛俯进垃圾桶的一刻
我记起：
主持人在口沫横飞
诉说：“消灭贫穷”
而明朝依然是天涯

昔日的向往

题记：当我向上飞时，为何我又回顾地下

当我踏在坚实的土地上时，为何我又开始觉得空虚——

夜慢慢地解开她粉紫色帷帐

微微光晕仿佛荡向了我

感官正一寸寸地化开

（除了那无灯夜里的飘渺远星）

但却始终找不着天堂流落人间的化石

流难禁的寂寞的泪便在“海马桥”上搁浅

呻吟中

所有记忆都在波动

发放成无边宇宙画成讯号

时间正是 12 点 45 分！（我记下了）

而另一方面

在宫扇形的绿芭蕉叶上

有我们昔日种下的相思果

我扛着小伞，打着大伞

一把是你的，一把是我的

（你说过是升空的蘑菇）
就像迷失的你找不着迷失的气球
在黄金流水的高原上
风与雨在诉说它的距离
你说我会不会看见？
而当你寻找那个迷失浪漫的时候
我又开始窥伺你深邃善变的瞳孔
就在从前，从前……
而现在我就是狄俄尼索斯的儿子
寄来了酒的邀请
竟然
还是有些暧昧
就在梦的那边
隔着玻璃看自己的影子
它好像在思索着一种谁也不知道的事情
而无奈又增添几分
或许你我都不曾明白过
一茎白发飘然而下
会下成一串串牵挂
就在那饱满的落日我将会把它做成标本
倥偬间又好像遗留了一些……
一些……
一些……

南湾港之茶的自述

17 世纪
早已忘记了那一年
只记起是那年轻的小伙子们把我与同伴
一挑又一挑、一桶又桶地
　　　　挤在一起
我
从这里开始颠簸地走到大洋的
　　　　　　　　　　　　　　彼岸
虽然开始时有人会误认我是药物
有人亦会以为我是某类型的仙丹
甚至是一个未知国度的遥远传说
但我只知先辈
早已告诉我们绝不是一片
　　　　　普通的树叶
并不会单纯地随秋风
而静默地回归香泥
在火的煎，水的煮催使下
我们会淡淡地萦绕在别人的脑内

直至永远

嘘哟嘘哟嘘哟
出航出航出航
在高帆桅杆下
我们在南湾港乘风破浪
航向遥远的未来

春雨坊新记

依山
见水
在小城中享受仅有的一道自然舞姿
放慢
连同品尝茶点的动作都一起悠闲起来
只有
那一壶自家的柑橘香茶蓄势待发
祈求行家
　　　　认同
在这里
　　　我仿佛是个静默的诗人
只有在那湿润的诗季才会醒来
举壶……滴滴滴
如月出之山鸟
惊醒
主人
已让人生漫漫悄悄走进杯内
然后再荡漾
荡漾……

我记下的梦两款组合

一

侧眼望去
这的确是被我用猎枪追射的
　　　　　　暮鼓晨钟
震荡人心
连那神仙都放下烙印
但那时间却似莲步
抱缸在柳风中丝丝醉倒
能再屹立吗？肃立也不是不能接受
现在只有那奔跑中的月光送去更远处下根
犹似那一瞥千年雾雨打着层层雪花踏着木屐的感觉
桂树的两个分枝开丫成蝴蝶
没有四季节令
在布满浆果的甜梦园上飞出一双俪影
麻心醉肺
带着斜月中采到的寒宫孤单
莹莹射出苦涩的核心

还是给世人制造梦境的材料合适

而夜摇曳着尘沙滚滚
其上依稀是只狼
入籍于
　大地
大概是饿瘦于一路跋涉
最后
竟把那半阕月塞进密密齿缝欲罢不能
然后
在枭叫中
　　吐出
思乡的风声

二

窗子在墙
一窗子的天空就这样被囚禁起来
我想这窗子也是
是被我用猎枪追射而出现
而燃烧的天空下着那无定向流星雨
大概是种后遗症
抱缸在柳树下醉倒
感觉却已在星尖之上
半边脸埋入醉海
半边脸埋入现实

到底最后是发红还是发白

酒气上涌融合筋骨

仿似那汽车上满油

将那奔跑中的目光送去更远

远与远的距离正好下根

我

不能相信

结果还会遗下那走动着的一群

空虚

犹似那一瞥千年雾雨打着木屐感觉

的的嘚嘚

之外

还是的的嘚嘚

我开始用游离的想象力剪下一对蝴蝶

啊蝴蝶蝴蝶

乘着黑人歌手的旋律

起飞

在斜月中飞出的一双影子

你去哪里？

大概你的黑从不问人世之彩

你还是

带着采到的广寒孤单

给世人制造梦境的材料为好

也给我

散下

一个

点

吧

此刻

夜

像极一头饥饿的

狼

把那半醉心和半阕月吃掉吐出混沌

而我

我呢？

对了

而今我已死亡

小城故事

一

当三巴门张灯结彩
白鸽放下圣母玛利亚颂歌的一刹
那场的东方刮起的流星雨便下着
而四百年前一条无知的幼鱼
就是这样从锦鳞彩鳍的母体放出
弄一下鳍、吸一口气
无人知悉
她将游向何方

二

一只断翼的鸟是——岛
这也难怪“岛”爱“赌”
K、Q、J
用吉卜赛式流浪的啤牌占卜未来
一、二、三，六点小

在骰盅下看相

电兔是狗的猎物

狗是小城百姓的工具

那小城百姓是……

三

“清”会一种怎样的罪过？

当那熠熠的眼睛停留在中国姑娘裙裾的时候

当啡髦发在每个街角以青藤的形式扩展同时

我们就是一个筹码

一个输掉自己的筹码

四

在金银堆成的官帽下

那些高高在上的大老爷怎么会懂

从根脉交结的小草

到枝叶苍覆盖大树所背着的感情

吸纳着西江水的半岛

围绕着母亲脚下的生命线，竟是如此的脆弱

那天下着微雨

雾从每个瞳孔中升起

在战舰驶过渔船航入濠镜澳发放礼炮时

响声已把切肉的乡愁轰成粉碎

我们从此便不用叩首

而万岁、万岁、万万岁
却折合成
一种民族的屈辱
“嘚嘚……嘚嘚”
在亚马留的马蹄声下
那沉甸甸的千年古国尊严
已被青铜色的高贵踏得体无完肤
而小城的每寸肌肉与骨骼
都眺望成万里长城的浩瀚
瘦弱的心灵从此泛滥于黄河之上
站
站在最高的山岗
用望远镜拉着祖国的衣袖
放大十几倍的感伤
被关闸大门闸下
飞鸟衔来的一句“严禁超越”
我看见小鸟蜷曲成一个蚕茧
等待某天的孵化

衰老

一张过期的钞票
曾经锋利
现在却只
露出
一淌黄浊
和那被日子搅碎的价值
最后只成为那些成功分子家里糊墙的份
在风中
没有赎罪的江畔
发丝夹着放飞的梦会飞得更远
其实我观察了许久
花败了后只会留下神经质
喋念着抱怨
但最后那些遗下的满腔辛酸正符合肚腩的圆周比例
最能与老歌相衬
月亮
已不能再为我盗去恐慌
咧在腮边的笑靥

苦涩的核心

浓荫里

马车的滚动轨迹亦不可为我所测量

在苍老的时间囚台上

现在只剩下不断繁殖的

空洞

和一只

小小瓢虫

微弱

一动

寓言城市

开场诗：速写

我是一个习惯站在商厦冠上的原始人

擅长利用结绳来记下城市的生长速度

太阳下任何影子都不会比矗天墓碑位置高

尽管这里的人已装饰了不少时兴的图腾连带旧杂都已经“折埋”在历史中

随指尖看去吧不！不是那个被放飞的暗红胶袋也不！不是那用油污艺术化了的雀儿，不不……不是那会卡住喉咙的废气对！就是那一、二、四又三、五、六在游弋的一群

无法改变的是

这族群依然是城市里那介乎起眼与不起眼间的一点头屑

随时待人拍打、坠下

然后又在发丝深处重新冒出

拾其中一瓣放大五十万倍（实验对象总人口）

原来除了一般的生物性外

细胞下

仍有

那五千年辛酸历史的因子

以及那不中不西的基因变异

场景一：相遇

在我记忆里

每项在城市中接触的眼光都会

这样子地从另一眼球边去而未被视网膜打捞

在朦胧轮廓中由一秒的仅有熟悉旋向了陌生

我们彼此并没有获得上帝的任何幸运机会

让那平行线靠得更近甚至让几率产生成交点

在纵的线还是纵的线

横的线还是横的线的前提下

只有那钥匙匆匆碰撞出的一片急速叮嘱

证明

我们都曾在同一个多维建筑构成的迷宫中

一同读过“谁动了我的奶酪？”

场景二：又一个杞人生活在城市中

这天的城市与昨天和那更远的模糊的那些天没有两样

没有光

没有色

只有

锯齿的马达声在为肢解灵魂进行呐喊

知更鸟依然在飞机结下的白天前打喷嚏

一个、两个、又三个……

我总怕玻璃的天空会因此而被震得七零八碎

毕竟

所有的美好总是脆弱的所有

无奈下只好学着老祖宗杞人顶管竹竿

以图避免一切可能之祸事

别问为什么？总之这绝对是顶天而非捅天，并恳切告诉你这只是厨房经验、如厕常识、粪坑预感……

总之“道可道，非常道；名可名，非常名……”

“小偷呀！捉小偷呀”身后传起了异响

急起直追，抓获这惯匪，同时并对这盗取阳光、空气、水、土地、资源的什么什么家进行盘问

直至现场一个个目瞪口呆

然后自动探热

A 说:“你看这个神经病的”

B 说:“殊！那不是神经，是非典型金融风暴流感症候群，今年挺火的，要隔离”

C 说:“不要看他的眼、不要跟他接触、不要呼吸、不要思考……回家马上用 1∶99，一份混蛋，加九十九份痴呆，不要用清水稀释……三碗水煲成十七碗……”

果然又是一场盘倾的玻璃雨——血——到痛——以及其他的其他

再连同折翼的庄周已汹涌成一篇蹩足的祷词

我承认感觉是客观存在的

就在那膨胀翻腾的神经末梢的末梢之内

但世界看来已习惯性在呕吐

只是所有人也习惯性进化到失去知觉

（我想是真的太痛之缘故）

看！在那

血早已由点漫成面后无法愈合

据我所知一切均以霓虹的形式在所有的建筑中扎根共生

啊！窗前！实在是好大的一片——光害，but I love very much“每月有一位幸运儿会独得一百万”“已累积送出过千万的奖金”“发财车就在眼前”温柔地抖落在每个枕旁，在梦中我们看到了伟大的小城：那闪烁的满溢的温暖的希望——

One millon One millon One millon One millon……

One thousand One thousand One thousand ……

One dollar One dollar ……

Zero

而我们的身体亦在那兴奋颤抖中

不知不觉地缩小成一个极端螺丝帽

让士巴拿逐个选择合适的安葬位置

世界此刻或许正常得太过分，这年头竟流行打只一百瓦电灯泡找寻那张在镁光灯下满是破旧的秋千，传说有人更因此叩头烧香，敦请元始天尊、关圣帝君、赵三仙姑、三山国王、十殿轮转王、北极紫微帝君一众帮忙

可惜诸天神佛忘了戴隐形眼镜，又或者隐形眼镜真的隐了形，总之那秋千依然恍恍惚惚，只出现在搭建的电影情节中下面是泥土，软熟得像件“说谎（美其名为雪芳）”蛋糕一样，而秋千就在它之上，我们也在它之上，我想那些我们应有的过去的一切也应在它之上……我想……

不要！

你们不要在这里讲剧情

不！我还是讨厌后座那菲律宾的英语、我憎恨马拉的不

广东的广东话，尤其在这只有巴掌大的城市中，回音真的特别的重……

用 SK-II 把自己一包，面皮顿时加厚，荷包亦可难得减肥，当然还靠那双乔丹新鞋垫高了的素质，也能望见在阴沟背后那加紧排练的伪虚

你……你这个矮……矮佬

昨天电话短讯已有一百个

电邮有一千封

问号已有一万个

直至它们淹没我的耳窝，你还不满意吗？

但我最恨的还是我在讲嘢时收传单……

2009 年 4 月号外：“猪肉五十二元一公斤、鸡三十四元一公斤……挞沙一百二十五点六元一公斤较去年同期上涨百分之八十一点二，政府呼吁市民要冷静入市，这纯属外资炒作，短期会有波动……但（街）市场人士估计随着来货的紧张和原材料的价格上涨，未来还有一定的上升空间”

据悉联合商会亦同时发表声明：“人工实时下调四分之一厘，即零人工，裁员或劝退百分之十，积极响应休闲城市生活的号召”

你们想怎样就怎样，相比起艾草和雄黄酒

也许在那四百年干瘪的乳房流出的稀乳汁会更为真实

别问我为什么

因我就是一个因误会而生的耗子

咬破木偶戏就是我的习性

或许你们还是认为你们是全宇宙最幸福的

Keroro Keroro Keroro Keroro……
Giroro Giroro Giroro Giroro……
Tamama Tamama Tamama Tamama……
Kururu Kururu Kururu Kururu……
Dororo Dororo Dororo Dororo……[1]
因为
在温水中你们依然可以尽情地共鸣
而煲外一切更会来得比你想的平静

场景三：这里也是吃人的……

此间的海比珊瑚海更大
比利亚纳海沟更深
深处呈黏稠糊状
鱼会争相挤入网内
据专家学者有系统的研究后发表
其主要组成成分有
中文、英文、数学、化学、物理，以及微量元素课外活动

翩若惊鸿，$\sin(A\pm B)=\sin A\cos B\pm\cos A\sin B$，1911 年辛亥革命，宛若游龙，$W+Q=\Delta U$，情景教育，荣曜秋菊，1913 年二次革命，$b2=a2+c2-2ac\cos B$，华茂春松，$\Delta E=\Delta mc2$，多元智能，仿佛兮若轻云之蔽月，someone who sees another person making the gesture，$aC_2H_5OH+bO_2\rightarrow cCO_2+dH_2O$，飘飖兮若流风

① Keroro 军曹，日本动画，讲述一群外星青蛙侵略地球的故事。

之回雪。

以上是其混式表达
听说
内里有很多看似同路的人真的深信他们自己应该只是个过路
但在过路同时绝大多数同志
却一般性或习惯性地被铅字折的纸浪打翻
在半死不活中只好携手结成一团新的稠糊
而且更为重要的是在思想死去而肉体死不去的前提下
更出现了多种达尔文也无法解释的新适应生活进化
于是
有人练达了高超的颙俟叩首
有人怀着悲愤的外壳拥抱沉默更有人操吾戈兮企图顽抗
在传统学界还在丈八金刚的同时
听闻有新研究报告指出这种类新族群创造力更远不止于此
他们可以在电单车旁施展火中取栗
可以在 facebook 上变出七十三个完成不同的身份
（比孙悟空还多了一变）
可以一班人用拳头同心协力帮助弱势小孩鼓起勇气拍艺术裸照并令其流通于网络一举成名
可以发明“可乐”避孕法然后十三岁就大肚
可以援交促进自我荷包经济
可以用“忘我”、“速赐康”、“白板”、“咳药水”、“十字架”[1]送饭

① “忘我”、“速赐康”、“白板”、“咳药水”、“十字架”均为毒品。

可以生日愿望是炸了学校、杀自己全家（自己除外）

可以三年唔出街同社会玩捉迷藏

可以随意“迁性”欢迎干湿两用

可以对“仆傻瓜”进行具操作性的人体实验

可以借烧猫仔来陶冶性情

可以唔够十二就话看破红尘然后去同上帝打 PSP

可以……据他们自身解释，他们可以还有一万个可以

但却与塞林格笔下的霍顿有着本质上的不同

“首先我们发明了‘0 嘴’、‘淆底’、‘喷饭’、“湿你”、‘大柠乐’、‘hea’、‘屈机’、‘温女’、‘囧’、‘闪’……全新的沟通方式，对语言学代谢发展建树良多。而且从研究方法上看，我们亦已从单纯的语言（世俗化的）组装过渡到后现代行动的自我解构。未来亦只有继续通过冲动上的完全觉醒和富哲学性的创新思维来重新定义我们自身最 natural 的存在价值及定位，然后就以易装、潜藏、分散游击来挑战处于阶级顶端的近似父权制式的整个废柴观念……”

最后

专家们一致认为这是一个新时代的开始

场景四：gogo 起航

相信我

世界从没有所谓的缓冲区

只有

冲

冲

冲

你看

这里有千千万万只羊同胞

何其壮观啊！

集体流行

流行集体

就让我们集体虔诚地患上现实综合征死去吧！

总之剃毛就跟剃毛、自宫就跟自宫、跳海就跟跳海……

让我们站起来吧！

长征吧！

用血肉长城去保卫我们的牛熊分界线

继续买空卖空、继续玩轮、继续期权

A — H — A

H — A — H

这里绝没有所谓的必要

只有对所谓的直觉或传言过敏

正如我会训诫那些人：任何较明显之调整均会带来较敏感之话题，即是此潮中期升浪是否已见顶也。由于成交金额仍为炽烈，故一般投资者均多数认为大市仍属高处未算高，而我亦深表同意，大手买入定必有利可图，但忍手可能后发制人于无形，亦未尝不可。

尽管对新加入者来说可能有点含糊

但肯定适合意会式的历奇训练

而且亦最为接近佛家所言之万法归一

GoGo

我可爱的羊儿们

我的子民

相信我

快起航吧

黄金国就在你眼皮底下

尽管你们还没有学识游水

但这绝不打紧

在风浪中

你们将会呈现海的深度

（我们的金父，愿你名受显扬，愿你国来临，愿你的贴士奉行在人间，如同在天上。求你今天赏给我们无限的食粮……在摇头摆脑中我的确感到金国的来临）

中场音乐：我是一个小小小小人（篡改自赵传主唱之《我是一只小小鸟》）

有时候我觉得自己是一个小小人

想要升却怎么样也升不高

也许一天我攀上老细房却成另一小人的目标

我绕到了椅后才发现有更多的背脊未笃

每次到了夜深人静的时候我总是睡不着

我怀疑是不是还有些人未完全地搅垮

明天会怎样应该只有天知道

但愿幸福只是一种传说你永远都找不到

场景五：我们上班去

恤衫、西裤、领带和皮鞋早已令我学会保护好自己
除此之外唯一的优点
是可以令到在“澳门通”搭建的消费网络下
认同自我不会纯粹被消费掉
听说
可能是早上
也可能是黄昏
甚至是没有月亮的晚上
总之天文台话局部地区星期一至五太阳都会下雨
为局部避开那场无了期的局部湿身
我于是开始乐于在漏水的办公室下
做只占据一桌一椅的躲猫猫
窗棂前
那片树叶上的瓢虫被锣成格状向远方飞去
最后以诗的味道屹立
“拍！”
桌上掀动那阵掌风正旋出祸事
我们在提速……
我们在努力！努力！
在呆呆中浑然忘我
从来都没有人需要我清醒
一排排八本正经的FILE暴躁地站立（相煎何太急！）
一段段公式化的操作意象最适合被腌起来风干做下酒菜
现在我们所要做的

只是项不称职的美化工作
好让这趟浑泥长出一朵适合“睡”的莲来

场景六：有些折了翼的人

有些人曾渴望自己来自古诗人部落
甚至曾幻想有一双小翼
好去逃离这日渐失去预言的国度
但翼尽管是小
依然是属于风与自由
难得糊涂最后却常在轮盘与商业规则协作下像睡公主一样
一睡不起

黑的睡眠 × 黑的梦＝黑又黑又黑又黑又黑又黑又黑又黑
又黑又黑又黑又
可能
又暗又暗又暗又暗又暗又暗又暗又
暗又暗又暗又暗

原来气候早已在温室效应后被冰成寒带
这样或许才好让喧闹比翼更贴近宁静天空
痛苦早已被计算机书写在那稚嫩的单镜瞳孔上
在所谓复杂的构造下世界上再没有什么比实验室来得安全
但为何专家们仍然 Save 失败
最后
正在打印的数据只告诉我们

经济依然上涨上涨上涨

但

门外

仍是门

并没有所谓的

紧急出口

场景七：城市胃痛了

要焚掉那满肚的肥腻

确实有点困难

你们全都是诗人

所以

我并不责怪你们对那断句外的生活之苦毫不关心

但姑且为我们的胃歌一首诗吧！

“空空，令我们想起布施

然后无可奈何地让一个接一个的

真诚、希望、善意、欢乐磨碎成可怜、失望、憎恨、罪恶和悲哀

等待，进一步地

　　消化”

就是这样。

算吧！

我想最好还是有着

会歌一首诗的　胃　但

很难，只能弯腰才能配合那会歌诗的胃的弧度
这行径大概只会粗暴促使火山喷出炽热苦水

然后冷却
聚成（　）哭流涕（　）心伤臆（　）心疾首
（　）心拔脑（　）心切骨（　）贯心膂

但无痛填在那处依然是一种非常瘦弱的痛

抢救慢性病是大可不必了
在消化的同时
相信城市早已经酸溜溜地逃到——
胃外

场景八：那个独居老人在被日子收割

白色军队已正式宣告占领了头盖大部分属地
令人记起了那种无法解放的被殖民痛苦
我没有俯身
亦没有屈膝
但背却早驼成拱桥的弧度
这可是从来没有过的事
我开始感到壁钟指针极微细极的变化
于是它愤怒地刺了我一下又一下
五十八年前孩子们就在那路边玩耍
九年前我开泥头车把能搬的都带到高士德来

二十一年又三个月前阿丽归天
那绣上龙凤的图案确把针尖搅复杂了……
但为何总记不起对面那熟悉而又陌生的街名？

叫人冒汗的重复与日常
最终
令我发现了“回屋真好”与“回家真好”的真正区别
稠质的凄凉绝不是浓茶话说所能阐释
望着日历上黑色日子的大片凋谢
数字像年轻时哼过的一首山歌
最后我比蚊还退化
　　　　退到
　　　　　无言
　　　　退到
　　　　　暂停

担忧依然在眉心坑道上驻足并打下了多年的持久战
时睡时醒又睡又醒
《围城》不单只能把青年围住
窗外失群的枯叶
曾多次　　闯进
　　　倏地
在阴影中
那份不甘孤独的寂寞正无限扩大

庇佑

大概只好靠那红灯微照下的祖先神位显灵
（如果还有电的话）

场景九：传染病

我们绝不会有身体饥饿的情绪
因为我们有肯德基、麦当劳，有可口可乐、星巴克……
总之所有被机械化的身体饥饿讯号都会被欢愉 delete
而在情感回路上亦总在我们必要认知之外发生
好像那些
朦胧认识的所谓西北
依稀知道的所谓荒原
还有肋骨、荒野、枯枝、饥饿、抢掠、贫穷、文盲、艾滋、秃鹫、死亡、绝望、垃圾山、屠杀、ABCD 的战争……
这不过是一组又一组太熟悉
而又不太关联的符号重复地出现在每天报上的某某版位
所以我们绝对是正常了
因为神经在肉体保护底下还好好的
这应归因于我们在进化中回避了那些应有的生物审视目光
正如我们绝不会正视别人与地下排管一样
（除非混着废料和排泄物无辜喷出）
所以有人说等待着我们的
是一种被专家唤作精神厌食症的传染病

场外有人抗议：我每月都有助养儿童、每年都有捐钱……
我……

警方尝试用水炮和催泪弹令其清醒
可惜的是
末世纪绝症
横行依然

场景十：我仍在选择中

我无法知悉
烟囱大口大口吞下落日的心情

我亦无法了解
打桩机跺脚嘶喊的口号到底有什么要求

我只见冰冷中的钢铁逐渐生锈
鹰架没有了鹰的姿势而静静伫立

城市呼吸？？？
就在那四青五黄六灰的污水中？？
还是在那垃圾堆中在吐舌的苍蝇处得到证明？
这大概是蒙我的吧！
好让在触不到的倒后镜内
叫我以为一座空城还是依旧的活着

这里
还有很多监测点
绝不允许我跳车收集那些在螺壳中被扭曲的故事

但谁在抓这城市的超速

死总是要死的（无论到终点与否）
但我们总有权选择死的方式

落幕诗：外面的世界很精彩（曾经）……外面的世界很无奈（以后）……

人物：全人类

时间：20×× 年

布景：在飞花舞动的溪边，湿地弹滩鱼后的笑脸，生命绿得很真实，无论色泽、声响、触觉都赤裸裸地呈现着纯香再没有所谓飞花舞动的溪边，厂房比一切都来得真实，奔驰在倒下的废木旁继续奔驰，酸雨继续叠着酸雨，无论色泽、声响、触觉都赤裸裸地呈现着灭亡

外面的世界曾经很精彩
但重点是现在的世界却再没有了外面
黑色的微粒被我们无限放大
无数优美线条
渐次由清晰变为模糊或被框死在艳丽的平面方角之内
最后
只剩下那“一花一世界”的缅怀

完了！的确完了！啪啪啪啪啪啪啪啪……人们在睡梦中掌声雷动

图书在版编目（CIP）数据

挣扎 / 吕志鹏 著. -- 北京 ：作家出版社，2015. 4
（澳门文学丛书）
ISBN 978-7-5063-7917-5

Ⅰ. ①挣… Ⅱ. ①吕… Ⅲ. ①诗集 - 中国 - 当代
Ⅳ. ①I227

中国版本图书馆CIP数据核字（2015）第068197号

挣　扎

作　　者：吕志鹏
责任编辑：冯京丽
装帧设计：棱角视觉
责任印制：李卫东　李大庆
出版发行：作家出版社
社　　址：北京农展馆南里10号　　　邮　　编：100125
电话传真：86-10-65930756（出版发行部）
　　　　　86-10-65004079（总编室）
　　　　　86-10-65015116（邮购部）
E-mail:zuojia@zuojia.net.cn
http://www.haozuojia.com（作家在线）
印　　刷：三河市华业印务有限公司
成品尺寸：133×214
字　　数：130千
印　　张：8
版　　次：2015年6月第1版
印　　次：2015年6月第1次印刷
ISBN 978-7-5063-7917-5
定　　价：20.00元

第一批出版书目

王祯宝《曾几何时》
水　月《挥手之后还会再见吗》
邓晓炯《浮城》
未　艾《轻抚那人间的沧桑》
吕志鹏《在迷失国度下被遗忘了的自白录》
李成俊《待旦集》
李宇樑《狼狈行动》
李观鼎《三余集》
李鹏翥《澳门古今与艺文人物》
吴志良《悦读澳门》
林中英《头上彩虹》
赵　阳《没有错过的阳光》
姚　风《枯枝上的敌人》
贺绫声《如果爱情像诗般阅读》
袁绍珊《流民之歌》
黄坤尧《一方净土》
黄德鸿《澳门掌故》
梁淑淇《爱你爱我》
寂　然《有发生过》
鲁　茂《拾穗集》
穆凡中《相看是故人》
穆欣欣《寸心千里》

以上按作者姓氏笔画排序

第一批出版书目

澳門文學丛书